その場小説

いしいしんじ

幻冬舎

その場小説

題字　いしいしんじ
装幀　池田進吾（67）

前書き

この場所、もうすぐなくなるの。だからなにか催しをひらきたくて。ねえしんじくん、あたらしいもの書いて、朗読してくれない、そう住吉さんがいった。いいですよ、僕はこたえた。

うちにかえってよくよく考えてみると、僕は朗読なるものをこれまでしたことがない。正直、興味がもてないのだ。人前で、役者みたいに、声音で物語に陰影をつけることなんて無理だし、早口の上、滑舌はわるいし。なにより、人前であろうがなんだろうが、もう書いてしまった自分の小説を、そのとおり読むことに、なんの興奮もおぼえない。それはもう、僕にとって「終わってしまったできごと」なのだ。

約束の期日が、近づいてくる、近づいてくる、近づいてくる。寝っ転がっていたあるとき、僕はふと思った。それだったら、当日、現場で書いていくことばを、そのまま読みあげていったらいいのでは。先がどうなるか、ぜんぜんわからない。刻々と、あたらしい文章が書かれては、たどたどしく読まれ、流れていく。それは催しにつどったみんなにもけっこうスリリングだし、書いている僕にとっても相当スリリングだ。いま、ここにうまれでる、文字どおりの「最新作」。でもそんなこと、ほんとうにできるのか？

僕は催しの前日、その場所にいってみて、じっさいにものが書けるかどうかたしかめてみた。椅子がぐらぐらしていないか、手元の明るさはどうか、カウンターがねとねとしていて手や紙に張りつくなんてことはないか。物理的に問題はなかった。そうして僕は、カウンターの隅で、ノート一ページ分くらいの話を、たったひとり、ぶつぶつ低い声で読みながら、ちびた鉛筆で書いてみた。できた。これだったらだいじょうぶだ、とおもって翌晩にのぞんだ。それからまる五年、五十四の「その場」で、ひとにみられながら小説を書いてきた。

当初はペースがつかめず、立ち見のお客さんが貧血で倒れることが相次ぎ、

「いしいさんが小説を書くと、若い女性が卒倒しますね」

などといわれた。そのうち、三十分から四十分くらいで話が終わるようになり、書く速

さも読みあげる口調も安定してきた。「話が終わる」といま書いたが、まさしくそれが実感で、僕が「終える」のでなく、話のほうが自然に「終わる」。正確には、訥々(とつとつ)と書き連ねていくうち、次の文章がない、「あ、もう先はない」と感じたとき、僕は鉛筆で黒々と「オ」「ワ」「リ」と記しながら、そのとおり、「オ、ワ、リ」と読みあげる。自分がコントロールしている、という状態だと、途中とちゅうで詰まってしまう気がする。半分以上、「その場」にまかせているのだ。

また、でかけていく「その場」にしても、こちらがどこかで書きたいと希望したり、積極的に働きかけることはまったくなく、あくまで先方から呼ばれてでかけていく。縁がある、というのは、人前で書く小説に、説得力と同時に、前へむかう強いトルクをあたえる。

ひとに呼ばれてでかけていった場所で、人前に置かれた椅子にかけ、机にむきなおり、鉛筆をかりかり削りながら、いま自分の足が接しているこの土地のふるえ、ぬくもり、「声」に、感覚をかたむける。ぽつり、ぽつりと、泡のようにのぼってくるものもあれば、間欠泉の勢いでほとばしるものもある。書いているあいだ、時間は伸縮し、まわり、妙なところにみえない窓がひらいてぶわっと風がふきこみ、めまいに似た感覚がおそい……それは本を書き、読んでいるときと同じだ。やがてあの、「もう先はない」ポイントにやってくる。「オワリ」と書いてマイクにそうつぶやくと、僕は、ほんのわずか新しくなった世界に立っている。四十分前、その小説はなかった。たったいま、その小説はここにある。そのあいだ、書いているものときいているものの境は溶けていた。僕たちはみな「その場」という乗り物にのって、ふしぎな時間を経由し、同じ未来へ運ばれてきた。

熊本で書いたときは、手話の同時通訳がはいったが、あとできくと、通訳のさなかふしぎなことがおきていた。

京都のガケ書房では、紙でなく、店の外壁のガラスに、寒風にさらされながら、足もとの亀を踏まないよう気をつけて書いた。

みなみ会館では映画上映のあと、スクリーンの前にすわり、映写機のするどい光を真横から浴びて書いた。

横浜では、書き出す直前、前列にいた男の子が「おしっこいってくる!」と叫んで席を立ち、戻ってくるのを待って書きだしたら、小説自体が「おしっこ」になった。

高知の牧野植物園では木の葉の声をきき、京都のギャルリー宮脇では絵の具の渦にまきこまれた。別府では、使われなくなったストリップ劇場の回転舞台の上で、まわりながら書いた。書き終えると何人もの女性が肩をくみあって号泣していた。

ひとつひとつ、書いた内容はまったくおぼえていないのに、まわりで起きたできごと、ディテールは、細密画のようによみがえってくる。それだけ真新しく、スリリングな時間だった、ということだろうか。

はじめはただの余興とおもっていた。三十六回目をすぎたあたりから、それだけでもない気がしてきた。東北を中心に、土地が揺さぶられたあとに書いた小説は、どれも「その場」が揺れ、きしみ、波打っていた。足もとのこの土地は、地上すべての場所と、ほんとうにつながっている、そう小説のほうから教えてくれた。「その場」は、目でみえているより、僕などがおもっているより、よほど広く、やわらかく、そして深い。一瞬ごとあたらしい、そんな場所に、僕たちはうまれで、いま、じっさいに生きている。

目次

前書き 3
第一話 アート 13
第二話 亀 17
第三話 場所 22
第四話 布 25
第五話 クマ 37
第六話 花 42
第七話 光 46
第八話 箱庭 54

第九話　鳥　58
第十話　本　63
第十一話　坂　69
第十二話　山　78
第十三話　線　86
第十四話　本　93
第十五話　花　101
第十六話　滝　107
第十七話　蔵　113
第十八話　ゴリラ　119
第十九話　十一　126
第二十話　ボタン　133
第二十一話　小説　139
第二十二話　岩　144
第二十三話　半　151
第二十四話　崖　155

第二十五話　父　161
第二十六話　犬　167
第二十七話　お寺　173
第二十八話　米　179
第二十九話　映画　187
第三十話　雪　194
第三十一話　脈　209
第三十二話　おしっこ　215
第三十三話　空　221
第三十四話　森　228
第三十五話　シスコ　233
第三十六話　屋敷　238
第三十七話　芝生　243
第三十八話　福島　249
第三十九話　ギター　257
第四十話　森　264

第四十一話　湯　270
第四十二話　牛　277
第四十三話　ピアノ　282
第四十四話　バカ　290
第四十五話　十三　297
第四十六話　花　304
第四十七話　器　310
第四十八話　子供　317
第四十九話　梨　324
第五十話　糸　332
第五十一話　都　338
第五十二話　ビール　346
第五十三話　金　352
第五十四話　道　359

第一話
アート

トラウマリスの住吉智恵はきょうだいがいない筈であった。なのにマンションの戸を開けてはいってきた女は、「お姉ちゃん」と呼んでいるではないか。

「誰あんた」

「お姉ちゃんあたいだよ、あたいっ、あたいだよ、ユッコ！」

「あー、あんたユッコ？」

住吉智恵はあらためて女の全身を見渡した。

「ユッコ、あんたさー、いーかげんもうそういうのやめよーよ」

ユッコは両手に提灯(ちょうちん)を持って高々と振りあげているのだった。というのも、ユッコは半年間入院していたある処のセラピーで、時代劇セラピーというのを受け、完治したとユッコ自身思っているのだが、実はTVでやっていた動物番組「ワンワンクスクス」というものをみているうち、まあいいか、くらいになって出てきたので、ぜんぜん完治してはいないのである。

「お姉ちゃんみて、みて、ご用ご用！」

提灯を振りあげてユッコは叫んでいる。筋金入りの捕方ファンだと自分では思いこんでいるので相当激しい踊りだ。ちょっとちょっと、住吉智恵が伸ばす手をかいくぐり、ユッコはくるくる回りながらベッドルームへ駆けこんだ。転んだ。そして部屋が燃えた。住吉智恵の自慢のアートコレクションはすべて灰となった。住吉はコレクションに保険をかけていなかった。主義に反するからである。

ユッコがいなくなって三ヶ月、客から、あの子どう。治った？ ときかれ、住吉は、あたしの前であの女のことといわないでくんない、とからから笑いながら、またどっかで変なセラピー受けてるんじゃないの？ などといっていたが、内心、自分に、本当に妹があったら、こんな風な気持ちがするのかもしれないと思い、胸のなかをことばで探り、それがどんな風にもまとまらず、あちこちで熾火（おきび）のようにくすぶっているのを感じ、そして白ワインを飲むのである。

十二月二十三日午前五時三十分、住吉智恵はいつものようにタクシーで家に帰りマンションの戸を開けた。瞬間チリリンと携帯から音がして、開けてみるとメールが届いている。

ユッコだよ。おねーちゃん窓の外みてみぃ。

住吉智恵は驚いた。ユッコは携帯電話を持っていないし、メールなんて打てないし、そもそも字が書けない女だと思っていたからである。あの子マジ治った？　住吉智恵は窓辺に駆けよりカーテンを引きあけた。ベランダに出る。空はほのかに青ずんだ灰色だ。

おねーちゃん！

声がするほうをみおろすと、住吉智恵の住んでいる高層マンションから五十メートルくらい南へいったところの建物の、その屋上が白いじゅうたんで覆われ、中央にユッコらしき女が、全身提灯で飾りたて、初めてみるような踊りを踊っている。提灯には「メリークリスマス」とか「モダンアート」とかものすごくきたない字で書いてある。白いじゅうたんをよくよく見ると、それはすべて白い羊や白い猫、白い犬などで、なにか荒縄のようなものでユッコのからだに繋いであった。

住吉は、もういい、わかったよユッコ、と思ったが、なぜかその思いがことばにならなかった。ユッコは前のようにくるくる回り、そして静かに、背中からじゅうたんに倒れた。黄色い火柱があがった。住吉智恵はベランダから動けなかった。煙の中からユッコが十手か大きなマサカリを振りかざし今にも出てくる。ぜったい今にも出てくる。だって、モダンアートってそういう感じじゃん、と思った。煙はまだ立ちのぼっている。

東京・六本木トラウマリス　二〇〇七年十二月二十二日(土)
「ガチンコ朗読会〝World is not enough for us!!〟」共演　戌井昭人

第二話
亀

増田喜昭は四日市というあまりパッとしない町の大通り沿いで子供に向けた本屋をやっている、坊主頭の男性である。少林寺拳法の名手だと自分では周りにいっているが、本当かどうかは本人しか知らない。

一月二十一日午前九時三十分、猫の餌を買おうと思って、どてら姿で国道をわたっていた。雪の降る朝だった。最寄りのペットショップはシャッターがおりていて、貼り紙に「さむいのでワンちゃんかわいそう今日休みます店主」と書いてあり、増田は、マジかいや、と思った。家では猫が腹を空かせのたうっているというのに。増田はバスに乗って四日市駅前のショッピングモールに入るスーパーへいこうと思った。どてら姿である。しかし増田は、そういう男であった。

バス停には、五歳くらいの少女がひとり、やけに古めかしいワンピース姿で、毛糸の帽子を被って、バスを待っているのか待っていないのか、ねずみ色の空をじっとみつめ、口を結んでいる。子供の本屋をやっているという自負が増田を奇妙な行動に駆りたてた。おじょうちゃん、これなーんや。少女はふりかえり、キツネさんやん、といった。コンコン、おっちゃんキツネ飼うてんねん、増田はいった。少女は嬉しげにみあげて、うち、ゴエモン飼うてんねん、といった。みると、少女の手ににぎられている細引き紐の先端に、ベンチに隠れていてみえなかったのだが、単行本一冊くらいの茶色い亀がしばられていた。

へーこれゴエモンいうんか。うん、と少女はいった。増田は不思議な気持ちになった。自分が昔飼っていた亀の名もゴエモンではなかったか。バス待ってんのか。ううん、と少女はいった。待ち合わせか。ちゃう、と少女はいった。うちどこやねん、近所か。うーん、こっちの方。少女は国道の向こうを指さす。自動車がぎゃんぎゃん走っていて、まるで猟犬の川のようである。

おっちゃんが、送ってったるわ。ホンマ、少女ははじめて本気で笑ったような声でいって、増田は、あ、よかった、と思った。

しかし問題は亀である。亀とは、きわめて歩みののろい動物なので、ぎゃんぎゃん猟犬のように車が走る国道を連れてわたる相手としては、たいへんやっかいだ、と増田が考えこんだところ、パッと信号が変わり、しかも少女がゴエモンを抱えて駆けだし、おっちゃんおっちゃん、こっち、といったので、増田は、ア、そうか、と思った。

少女は田んぼの中を駆けぬけていく。米屋の角を曲がり、橋を渡る。ますだは少女が先に立ってゆくので、自分は雪の降っている空をみあげ早足で歩いているうち、いっそう不思議な気持ちになってきた。周りに広がる四日市の風景は、なじみがあるように見え、まったく普段自分がみているものとも違い、しかし、まちがいなく自分はこの道を通ったことがある、とますだは思った。

道は続いている。少女が隣で手を握る。ますだの手にゴエモンの紐が渡された。ますだは胸がしぼられるような気分になった。

家の前についた。まちがいなく知っている家だった。隣の手がますだをひいていく。ただいま、おかーちゃん。知っている声。横をみると三十くらいのワンピースの女だ。奥から別の声。どないしたん、遅かったやん。よしあきがまたバスんところでボーッとしとって。またかいなホンマこの子は。

だって、とよしあきはいった。ゴエモンが、あの穴気にいってってんもん。奥から、まだ六十前の祖母が顔をだし、よしあき、あんた今晩かめと寝るか、といって、よしあきはこの三日ゴエモンとねていることをいわないでよかったと思った。はよお風呂はいってしまい、とまだ二十代半ばの母がいうので、よしあきはヨチヨチと、奥の座敷へ歩んでいった。木の枠を組みあわせただけの、手造りの寝台が置いてある。よしあきは枠を握って、ガクガクと揺さぶりアウーといった。二十を過ぎたばかりの母は座敷を覗いて笑い、アーよっちゃん、自分で寝ようとしてんのねー、えらいけど、まだムリー、といって、うしろから抱えて、寝台の中央に寝かせた。

寝台には祖母や曾祖母が織機で織った、とりどりの布がやわらかく敷かれていた。母は、病院からともに帰ってまだ五日目のよしあきの額から濃い髪の毛をはらい、ホラ、おかあちゃん、といった。まだ五十を過ぎたばかりの祖母は、ホンマや笑ってるわ、といった。

どんな子になんのやろねー。さあ、よう笑う子になったらええねー。うん、と母がうなずく。

第二話　亀

隣の部屋で父が筆をふるっている。半紙に強い字で「喜昭」と漢字で書く。名前決めたで、と座敷の方へ声をかける。廊下の水槽では亀が眠っている。まだ名前はついていない。亀はものの本によれば万年を生きるという。

三重・四日市メリーゴーランド　二〇〇八年一月二十日（日）
「いしいしんじレクチャー」

第三話
場所

二〇〇八年二月二十三日、住吉智恵にとって長い一日だった。朝七時、徳島県徳島市でめざめた。かねてから念願であった鳴門の渦潮をみにいった。

昔は観潮船などで海へ出るしか渦をまともに見る手だてはなかったが、いまは平成十二年から鳴門大橋の下部の歩道部分の床がところどころガラスばりになっており、歩きながら四十五メートル直下の足の下に渦まく鳴門の海がみえるのである。住吉智恵はときどき立ちどまり、ガラスの下の鳴門の潮をじっとみつめた。そのたび住吉は身が引きさかれそうな感じがした。

徳島空港からプロペラ機に乗り羽田空港についた。東京の六本木森美術館でのアートツアーに間にあったのは、間一髪、午後四時である。キュレーターと観客のまとまりのいまいちない動きに合わせ、住吉智恵はつかずはなれず歩いた。

展示作品のひとつの前で、ふっ、と動けなくなった。それは、中国のもう使われなくなった工場に、かつてそこで働いていた女工であった七十とか八十の老女をつれて来、かつてそこでやっていた動きをその場でしてもらう、その様を三十分程カメラで撮ったものを映像で流す、といったものであった。「時間」と住吉は思った。老女の髪の毛に工場のなかでは吹くはずのない風が吹き寄せかすかに揺らせた。老女はひとりふたり、そして三人目と同じ向きにふりむく。住吉は胸の底からなにかがあらわれて輝く、という感覚におそわれた。それは子供のころに見たなにか、かたいもの、黒い機械とか、角ばったものに関係があるかもしれない。

我にかえるとツアーのひともキュレーターもいなくなっていた。住吉智恵はインカムのノイズに耳をすませながら暗い美術館を歩いた。そこは美術館ではなかった。なにかまっ白でのびていく空間としかいえないような場所だった。住吉智恵は最近記憶をうまく働かせることができなかった、前の年の暮れ、アートコレクションを火事で失ってからぼんやりとすることが多くなっていて、それはそれで、自分のこころにはわりといいことかもしんない、と内心では思っていた。

ここはどこだろう、と住吉智恵はおもった。銀色の扉が目の前にあった。手になじんだ感じで引きあける。うす暗がりで男と女がざわめいている。

空気の流れ。赤と黄色の光。なにをいっているかわからない声。

なにがどうとか、誰がいつといったことは、私にとってそんな大事なことじゃなかったんじゃない、と住吉智恵はおもった。鹿が角にコップを引っかけていったりきたりしている。それは馬だった。虎とリスももうすぐくるかもしれない。私は私がみてきたこういう感じが自分のなかにいま流れていて、しばらく後も引き波のようにひびいていると感じられるから、こうしてカウンターにいるんだ、と住吉智恵は思った。

声や光やなにかが向こうから満ちてくる。白ワイン、もらおっかなぁ、と住吉はいって、グラスをとりあげて打ち合わせ、音をたてる。客たちの名前をおもいだすことはできないが、手元のグラスをみおろすと白ワインの表面にいくつも白い渦ができている。その通りにまかれていれば、引きさかれることなんてない、とはじめから住吉智恵にはわかっていたのだった。

東京・六本木トラウマリス　二〇〇八年二月二十三日（土）

第四話 布

　多田玲子はビルの屋上を見あげながら、ここがニューヨークかぁと思った。思っただけでなく日本語で、ここがニューヨークかぁ、と大声でいっているのには気づかず、通勤通学その他のアメリカ人が振りかえってみている。多田玲子は、ニューヨークへライブをしにきたわけではなかった。個展でもなかった。ただ、いつか来てみたいと思っていたＮＹに、宝くじが十万円あたったから来てみただけのことである。ニューヨークとは元々ニューアムステルダムという町の名前だったが、独立宣言の後、ニューヨークという名にあらためられ、それは、新しいヨークという意味であるが、元々のヨークはさあどこにあるかというと、それはイングランドにある。アメリカとは他にさまざまなヨーロッパ起源の地名がある場所で、映画で有名なパリはもちろん、ロンドンやスウェーデンといった地名の町もアメリカ中西部にある。田村隆一という詩人が奥さんとドライブ旅行をしていて、道路標識に「右ベルリン　左フィンランド」とかかれてあって、奥さんが、さすがアメリカって広いのね、ちょっとロンドンよっていきましょうよ貴方、といって詩人がのけぞった、というエピソードはわりとよく知られている。多田玲子は知らなかった。

　ニューヨークかあと思いながら、いかにもニューヨーク、という感じの裏道をあるいていると、路地からくろんぼがとびだし横について歩きながら、ヨーヨーという。ヨーあんたKiiiiってバンドの、太鼓叩いてた子だろ。ヨー一昨年さ、そこの小屋でライブやったじゃん、俺さ、そこでコーク売ってたんだよねー、って粉のほうじゃなくて泡立つドリンクのほうだけど。フーン、玲子はちょっと嬉しくなって、どうだった演奏、ときいた。くろんぼはマアマア、といった。くろんぼの歩きかたがミョーに調子いいのに玲子は気づき、ネー黒い兄ちゃん、なんか歩きかたかっこいいすねー、といった。くろんぼは、ハハ、とマンガにあるようなアメリカ笑いをして手を叩き、俺たちくろんぼのよ、全身にはよ、細胞の一コ一コによ、マイルスが住んでるからよ、といった。マイルス誰、と玲子はいった。知っているのにわざといった。キショーとくろんぼは悔しがり、マイルスいるんだよ俺んなかによ、六十億コか七十億コマイルスいるんだよ、といった。耳を傾けると、たしかにくろんぼのからだから、チャカポコチャカポコ、ルルルルーなどと調子のよい音楽がきこえ、うーんマイルスたしかにいるかもしれない、ちょっとうらやましいかも、と玲子は胸の内でつぶやいた。くろんぼが音楽を始めたんだぜ、この国じゃ、とくろんぼは楽しそうにいった。絵や踊りも、もともと俺たちが始めたんだ。絵も？　ちょっと絵心のある玲子は、いい突っ込みどころだと思ってニヤリと笑った。マイルス知ってるけどくろんぼの絵って知らない。アメリカのくろんぼはしまったという顔になったが、いろいろいるよソーホーとか、と明らかにごまかしの目つきでいったので、玲子はちょっと大人げなかったかなーと思った。くろんぼはスイカの匂いのする口を近づけ、絵とかー刺繍とかー、あとさー有名なのは、Gズ・ベンドってゆーとこのキルトだよ。キルト？　とグランマ・モーゼスとか思いだしながら、玲子は半笑いでいった。Gズ・ベンドってのは、アメリカ南部のさー、アラバマ川がGの形にまがってるとこがあってさー、Gズ・ベンドってゆーんだけど、そこのキルトとかチョーキルトだよ。なにそれ、玲子は口に手を当てて笑うふりをしようと思ったが、よくよくみるとくろんぼだと思って歩いているのはロバである。ロバがGズ・ベンドとかいってチャカポコチャカポコ横を歩いているだけなのだ。玲子は、アタシゆうべなんかやったかな、と思ったが、今朝ついたばかりなのでなんもやってない。ロバは玲子に顔を向けて、もうちょい先に俺のたむろってるギャラリーとかあるんでアンナイしますよと、急にロバっぽいへりくだりをみせていった。玲子はこのロバと一度会ったことがあるかもしれないと思った。と、裏路地から巨大な黒猫がとびだしフミューといったが、ロバはこともなげに顔を近づけ、その猫をバクリと食べた。玲子があぜんとしてみているうちに、ロバの口の中で猫は骨と肉がぐしゃぐしゃのミンチにかわり、ロバはごくんと呑みこんでニコリと笑った。あんた草食じゃないの。ここはニューヨークですよ、とロバはいった。玲子は、そうか、と思った。乗りますか。ロバがいい、玲子がうんとうなずき、裸のまっくろい背中に手をかけた瞬間、猫が出てきた路地から人影が飛びだし、英語で悲鳴、どなり声、そして銃声、ビシューンズキューン。ロバはまっさおになり、駆けだしていく。玲子も、着いた初日からこれかよ、ニューヨーク、と思いロバを追う。十字路を、右へ左へ左へ右へと、ロバがいる感じの方へ走るのだが、このあたりがロバのたむろしている町なのかな、みんなくろいし、スイカの匂いがするし、ラジオからチャカポコ足音がなってるし。玲子はその区域のホテルにチェックインした。噂ではNYの宿代は一泊三万円とか四万円とかいわれ、住吉智恵などにはえらく脅されていたのだが、さすがロバのくろんぼがいる感じの町だけあって、宿代は一泊四千円くらいである。ホテルのおばさんが愛想よく出迎えたがどうも妙な感じで、どうして妙に感じたのかそのときはわからなかったが、あとで思うと半分ロバで半分ひとのようなあいまいな感じがその人からしたのである。その人だけでない、通りをいく青年、輪をつくって話す婦人たち、仕事へ行く集団、登校の行列、どこにいる人も半分ロバ、というか人以外で、もう半分は人ながら輪郭がうすらぼけているという風にしか見えず、しかしホテルで出される食事はなんともあいまいであとを引く感じの飯だ。

玲子はもうずいぶん太鼓叩いてないなーと思った。ずいぶん、絵筆も鉛筆も握ってないなーと思った。

ホテルで出るまんじゅうのようなパンをあいまいに頬張りながら、クリーニング屋から渡されたシャツやズボンを紙をはさんで畳むと、ビニール袋に入れる。いつのまにか仕事にまで就いていた。このあたり誰かがたむろってるってきいた気がするけど、けっこう住みよいよね。昼間は隣の姉さんたちとファウテンで集まったりするが、夜になると玲子の知らないところで出来事が進んでいた。眠りに就くと、まっくろい玲子が、アンタいつまでこんなとこでクリーニングの仕事とかＩＴとかいってるつもり、あんたそれできるの、最初だけやって飽きちゃってってことになんない？　すると素だと自分では思っている方の玲子が、なんでそんなこというんだよいちいち、ここで暮らしてけるんだから別にいーじゃん。ここって、あんたどこかわかってんの、とくろい玲子が突っかかる、どこって……素の玲子は口ごもり、しばらく前からの記憶が全然ないことに気づく。ここにいたら、あんた玲子じゃなくなるよ、とくろい何かがいった。だって、と素の玲子がいった。大丈夫だよ、出られるの今だよ、今だけだって、くろい玲子にいわれ、よし、と素の玲子は部屋から駆けだそうとしたら、ホテルのおばさんやファウテンの姉さんがたが、ふわふわあいまいに笑いながら取りすがる。レーコーレーコー。玲子はぞっとし、いままで自分がいたところはホントは自分がいるところではなかったんだと思い、裸足でおもいきり床をけった。ギシ、と音が鳴り、何かが残された感じがあったが、玲子は外へ走り出ることができた。

玲子はからだの右半分がちぎれ、半分の人間になっていた。ひょっとして、と鏡をみたが、さいわいなことにくろんぼでもロバでもなく、残った半身は日本人っぽい日本人の顔かたちである。パスポートに使えない。ニューヨークの日刊紙や労働局の掲示板などチェックし、玲子はなんとか職を手に入れようとがんばった。しかし、自動車の運転もできない。パンを運ばせればパンがすべて血まみれ、ハンマーをふりあげると大腸や肝臓がボトボト地面に落っこちる、そんな人間を雇ってくれるところなど、そうそうというか、あるはずがない。玲子はバッタや、セントラルパークのうさぎ、もぐら、などで命を繋いだ。片手で投げ縄や弓矢なども扱えるようになった。ただ、道具を使ってるといって、それで人間といえるだろうか。玲子は公園のまんなかで何か大声で悪態をつこうとしたが、日本語、英語の両方で何をいおうが、自分がいまそこで生きている人間という感じが湧いてこない。それどころか、自分のようなのはこの世にいるのかいないのかそれすら半分だ、という諦めのような感覚がわいてきて、その場にがっくりヒザをついてみようとしたが、左足一本なのでゆらゆら揺れているばかりだ。大雨が降ってきて玲子の姿をかくした。

玲子はニューヨークからいなくなった。

何年何十年たったかわからない。三、四日、十日ばかりのことだったかもしれない。

玲子は、丸木舟のようなものに仰向けになって乗り、青空や雲や月や飛行機や人工衛星が飛びかう空を眺め、広い河を下流に流されていった。ときどきなぜか小鳥やリスが船の縁(へり)にとまり、木の実や変な匂いの草をぽっかりあけた玲子の口に投げこんだりする。リスや小鳥に、昔あたしなんかしたことあるんだろうか、と玲子は思った。ときおり小魚が身をおどらせ川から直接玲子の口に飛びこむことさえあった。川魚は新しい傷口を口にふくんだときのような味がした。玲子をのせた丸木舟はなおも流されていき、そして大きく左にまわり、急にヘアピンをえがいてまっすぐ南へくだっていった。ちょうどアルファベットのGの形。玲子は仰向けの姿勢から起きあがり周囲をみわたした。丸木舟は木造の集落が建ちならぶ茶色い村の舟着場に漂着していた。お月さんが上がっている、わたしの悲しいお月さん、あの男の足跡を照らしてちょうだい、とどこかの小屋から歌がきこえてくる。よくよくきくとすべての小屋から、ウィーンウィーンとか、お月さんとか、エビが死んじまったとか、いろんな物音が響き、村に渦巻いているのだった。玲子は左足一本でチョンチョンと村の広場までできた。立ちつくし、みわたしていると、黄色い染料まみれの服を着た巨大ななにかが戸をあけて出てき、ひどい格好だね、こっちでエビたべなさい、といった。玲子はフラフラピョンピョンと近づき、油で揚げた小エビをたべた。巨大ななにかとはまっくろい人だった。全身があるのか半分なのかそれとも倍なのか、あまりに黒く、あまりに巨大なのでもうわからなかったが、ここがGズ・ベンドという場所であることは遅蒔きながら玲子にもわかった。食ったら仕事だよ、と巨大な人はいった。でもあたし――あんまりそういうの……。やかまし、口動かさないで手動かせ！　玲子は薄暗い小屋へぴょんぴょんと入っていった。土間に敷かれた布の上に子どもが十八人ねむっていた。黒い人や隣の家のいっそう黒々とした、もはや手足があるかどうかわからないような人とともに働きながら、キルトとは、こんなものだったのか、と玲子は思った。最初からデザインした布をその形に断っていったり、図柄どおりに刺繍していったり、紅茶にお菓子といったようなな玲子の思っているキルトとはまったく違い、ざくざくとハサミを入れた布を別の妙な形の布の上に置くそばから一気に縫い合わせ、ねじ曲りや被さり、ずれなどまったくお構いなしに合わせていくうち、正方形でも長方形でもない、しかしこんな自然な四辺形があるかというような絶妙な大布ができあがっている。そしてその間歌がつづく。エビが、エビがー、というおなじみの歌に、わたしの風呂の中に隠してあった大事なもの流されちまった、流されちまった、という意味不明なもの、ヘビがやってきたら気をつけな、そのあとふたごがやってくるから、という不気味なもの、このひとつ、この最後のひとつを積みあげたら俺は家に帰れる、船に乗って、あいつのいる家に走って帰れるんだ、などという男っぽい詩句をうたうのは、Gズ・ベンドに男はひとりもいないのだった。いったいどこにいるのか、玲子はきいてみることがおそろしかった。キルトを作りながらブルーズを歌っているんじゃないし、ブルーズを歌いながらキルトを作るんでもない、両方おんなじことを口と手でやっているだけだよ、と玲子の師匠格の黒いひとがいった。あんたはみたとおり半ちくだけど、あたしたちみんな生まれついての半ちくだから、キルト、ブルーズ、そういうことをやって生きるのがふつうだよ。そうじゃなけりゃこんなところで十何人、子供かかえてキルトなんか作りゃしないし、ブルーズも出てこない。美

全員キルトづくりの黒い人たちで、みな女であることはじょじょにわかってきた。

しいもんでもないしかっこいいとも思わない。出てくるしかないから出てくるんだ、Gズ・ベンドはそういうところなんだよ。

ひとつの家に十何人もいる子どもが、作りたてのキルトの四隅をそれぞれ持って、陽に当てに外へ出ていくということが週に三、四回あった。玲子は、キルトかっこいい、と思った。師匠格の黒いひとが何度みせてもうなずいてくれなかった玲子のキルトが、ようやく完成しようとしている夜、隣の巨大な黒いひとが息をしなくなった。そういうときのためだけに、自分であらかじめ作っておくキルトに包まれ、そういうときのためだけに歌われるブルーズを浴びながら、その巨大なひとは木の舟に乗せられ川に流された。玲子はブルーズを口ずさみ、その夜中じゅうキルトを継ぎあわせつづけた。正確にはひとつのことをしていた。それが何かは、人間のことばでいうことはできない。翌朝六時半に日が昇った。村の家々から覗ける河の水面は、銀の流れに黒墨を流したようにみえた。玲子のキルトの四隅を子どもが持って外へ出ていく。玲子も外へ出て、照りつける日差しに目をしばたたかせ、フーと息をついて青空をみる。そしてゆっくり地面に目をおとす。一度もみたことがなかったような自分の影が砂の地面にまっくろに落ちている。玲子は左足をゆっくりと曲げ、左手をつけて、そして頭を降ろし、砂の地面に左耳を近づけた。くっつけるとまだ熱いというには遠い砂が耳たぶをくすぐった。子どもが声をあげてキルトを空に掲げる。玲子は左目をつぶって強く左耳を地面に押しつけた。はじめは水の音、そして風の音、無数の足音、そのむこうに、たしかに声がきこえる。それはどんどん大きくなり玲子の全身を満たした。玲子は、初めていま、自分のブルーズをきいている、と思った。

東京・吉祥寺Ｏｎｇｏｉｎｇ　二〇〇八年四月十三日（日）
多田玲子展「仮面ブドーのレース」

第五話
クマ

クマ、クマ……と私はクマのうしろ姿に声をかける。でもクマは振りむかない。もうずいぶんな年月がクマがあたしの家に来てから経つんだな、そう、十五年にもなるんだ。クマがあたしの家に貰われてきたあの夏の日から。

家で飼っているんだからクマはクマという名前だけどもちろんクマでなくて犬だ。まっくろい雑種犬で、けっこうそういうのは最近は探してもみあたらない。クマはしっかりした四本足のオス犬で、あたしが一歳のときに貰われてきたから、ほぼ同じ十五年を過ごして、あたしが十六でクマは十五だけどもうヨボヨボの爺さん犬だ。若い頃のクマはあたしのボディガードみたいな気分だったらしく、どこへついてきても知らない相手の方へ歯を剝きだしてグルルグルルと唸るんだけど、なんだよ、と怒鳴りかえされるとあたしの後ろに隠れたりした。それは子犬だったからで、大きくなってからは、あたしが万代池の橋から落ちたとき、散歩していたおじいちゃんの鎖を引きずって池の橋から水面に飛びこみ、あたしのえり首を噛んだまま、小島によじのぼったりした。学校に行くときはいつも大通りまで見おくってくれた。

あのクマが、もうあたしの声がききとれないくらい爺さんになってしまった。オス犬だから片足をあげておしっこをするんだけど、その身を支えている片足が最後までもたない。じいさん犬だからおしっこも長いし、ガクンと足が曲がって下腹がぐしゃぐしゃになる。でも、エライな、と思ったのは、先月から、小便の途中で足を交互に替えるようなことを覚えたからで、こういうところはさすがあたしのクマだ。

クマ、クマ、クマー。クマはふりむかない。国道を渡り、病院の駐車場を横切って、ぐんぐんぐんぐん進んでいく。クマのどこにこんな力が残ってたんだろう、クマ大丈夫じゃん、まだまだじゃん、だからサー、ネ、帰ろ、といってみるけど振りむかない。

まわりはどんどん暗くなる。こんな公園いつできたっけ。まわりに立っている木がなんていう木なのかあたしはわからない。みどりっていうより真っ黒い葉が樹冠全体にぎっしりついて、いま何時だかわからない。クマのからだが時々光るようにみえるのは、そこだけ木漏れ日があたるのだろうか。五十メートル、三十メートル、十メートル先に、同じように光っているようなところが見えてきて、あークマはあそこ目指して行ってるんだ。あたしにはわかる。でも鎖は離さない。十五歳のクマは十六歳のあたしを引いて、引きずって、木に囲まれた光るところへ走っていく。

それは水だった。水溜まりというには、あまりにも深い色の水をたたえた一畳ぐらいの水が、鏡のように、森の地面に口を開いていた。クマはじっとみている。トトト、と歩みよる。あたしも一緒に進み、澄みきったようなその光る水溜まりを真上から覗く。はじめは暗い木々が映っているのかと思った。フワフワと動きだし、白い影になった。お爺ちゃんの顔だった。それは四方へほどけ、また中心に集まり、今度はあたしの姉、そして叔母さん、そしてあたしの顔になった。全員まだ生きている。クマは水溜まりに浮かんでは現れるみんなの顔を瞬きもせず曇った目でみていた。一歩二歩と前に出る。あたしがふり向いた瞬間、水溜まりのあたしの顔の影は消えて、そこにクマは前足、腹、うしろ脚、というふうにゆっくりと入っていき、背まで、鼻まで、そして頭まで浸かってみえなくなった。あたしは呆けたような感じで家に帰った。それからクマの姿をみてはいない。

一年、二年とたつうち、家にもいくつか変化があった。まず、花火職人だったお爺ちゃんが工場で建物ごと爆発した。妹が外国へいってしまい、姉がその国の外国人と結婚し、ふたりともその国にいる。叔母さんは勤めていた動物園でゾウに寄りかかられて死んだ。あたしの親戚は、お爺ちゃんも叔母さんも、まあ合ったようないなくなり方なんじゃないかといっている。

縁側に残飯やおせんべいをだしておくと、翌朝ペロリと片付いていたりする。畳ががりがりになっていることがあって、あたしはそういうときは、きこえよがしにため息をついて雑巾や布巾をもってくる。翌朝、スズメの人形やお菓子の袋が縁側に置いてあったりする。

ドッグフードを置くつもりはない。一度鶏の唐揚げを冗談でおいてみたら、全部きれいさっぱりなくなって、犬に鶏の骨はよくないっていてきいたことがあるし、あたしは少し心配になったけど、イーヤ、水たまりの深底でたくさんの闇を身にまとって、あたしのクマはほんとうのクマになってるかもしんないじゃん、そう気を取りなおして、口笛を吹きながら、油でベタベタの縁側を雑巾で拭く。

熊本・熊本市現代美術館　二〇〇八年五月三日（土）
「ピクニックあるいは回遊」

第六話

花

北垣徹は西南学院大学で文学を教えている。住んでいるのは六階建てのマンションで、今日六月七日朝すこし寝坊し、このままだとひとコマ目に遅刻してしまう。北垣は地下駐車場にオートバイを停めてあり、講義のある日にはそのオートバイで大学まで通勤しているが、その朝北垣が駐車場におりて見出(みいだ)したものは、炎をあげて燃えさかるオートバイであった。

マジか、と北垣はおもったが、ふだんから冷静な人なので、まず野良猫に餌をやろうと思った。ミーミー、白い猫が鳴いている。北垣は猫をみると世話を焼かずにいられないたちで、ポケットにいつもキャットフードのドライをいれてあるのだ。パッとキャットフードをばらまいて振りかえるが、相変わらずオートバイは燃えている。時計をみると、今出ないとゆうゆう遅刻だ。北垣は炎をあげるオートバイに飛びのった。猫がミーミーと鳴いている。大学の駐車場に滑りこんだバイクをみて、警備員の山下さんは、北垣先生、今日も寝坊か、と内心ではおもったが、いつも時間には間に合うので、にこやかに手を振って出迎えることしかしない。

北垣はフランス文学講座の授業にでたが、学生たちの印象は、今日の先生気合はいってんなー、ということだった。北垣自身も、なにか今日はふだんとはちがう自分のような気がした。フランスの文学者・詩人もろもろなどの考えが自分の背中から話しかけられているかのように理解でき、それを披露する口上もわざとらしくはなく真実味にあふれ、学生たちも目を輝かせている。

休憩時間北垣は、好きなマイルス・ディヴィスというラッパ吹きのスケッチ・オブ・スペインという曲を口笛で吹いている自分に気づき、そのメロディ、強弱も完璧だ。どーしたんオレ、とおもった。

昼休み、散歩がてらチャペルの方へいってみる。ザワザワザワザワ声がしているが、なにかイベントかな。さらに進むと、体育館のはずが、海岸で、馬に乗ったひとたちが怒声ををあげている。船から火のついた玉が飛んできて、馬に乗った人たちがときどき燃えあがっている。俺はなんともないさ、北垣は思ったが、背中からやはり真実味のある声で、やめろ、おまえの世界じゃない、というのがきこえ、昼からの授業もあるので、北垣は教室に戻った。

授業が終わり、ミーティングも済んで駐車場にいくと、オートバイはまだ燃えていた。迷わずまたがり駐車場の山下さんに手を振りかえし県道をまっすぐに走る。海岸線に出でたとき、なぜか胸が詰まる思いがし、北垣は法定速度をはるかに超えるスピードまでアクセルをひらいた。炎が旗のように長くひるがえった。

マンションに帰り、六階までエレベーターで昇り、部屋にはいると、ミーミーと声がする。六階なのに、窓も閉めたはずだったが、とおもったが、つい、ミーミー、と大人らしくない声をあげながら猫を探す。いるはずのない猫だ、とわかっていても、猫好きの北垣はこらえることができない。

アッ、と思った。寝室のドアのところに透明な猫がいる。後ろから誰かささやく。やめろ、おまえの世界じゃない。北垣はポケットに手をつっこみキャットフードのドライをパッと投げた。ミー、と嬉しげな声がするのと、ボワッと北垣の全身が火に包まれるのと同時だった。マンションの部屋は全焼し、北垣の自慢のジャズレコードコレクションはすべて灰になった。ふしぎなことに焼け跡からは、北垣と同じ年齢の人間の骨は、ひと摑みもみつからなかった。

七月に入り、福岡市内で奇妙なことが起きた。桜、桃、梅。咲くはずのない木々の花がいっせいに花弁を開いた。それはまるで遠目に町が燃えているようだった。木の根元にいってみると必ずそこにミーミーとなく白猫がいる。耳のいい人なら、花の下を通ったとき、不意にどこからか、音程のはずれたスケッチ・オブ・スペインの口笛がきこえるかもしれない。

福岡・西南学院大学　二〇〇八年六月七日(土)

「小説はライブだ」

第七話
光

孝典（こーすけ）をのせたオートバイが横転し、孝典は砂漠の天頂から二十五メートル吹き飛ばされた。砂漠といってもところどころ緑や黄色の草が生えていて、生命が絶えた陰気な場所というわけでない。孝典はオートバイをパクり、そのまま国道を南に突っ走り、ガソリンが切れたところがちょうど砂漠の下り坂のとばくちだった。砂漠をえんえん下ってきたので孝典はいま自分がいるところがどこかわからなかったが、ま、いいか。そして孝典は別に場所がどうという人間でもない。

それにしても腹である。腹へったー、というのは日本語でも英語でも、よくわからない言葉であっても孝典の口ぐせのようなところがあり、はらへったー、といった途端、腹がほんとうにマンガのふきだしみたいにグキューと鳴るのは子供のころからそうだった。グキュー、グキュー、と音を鳴らしながら砂漠のなかを歩いていくと、何か香ばしい風が漂ってくる。東の丘のむこうから毛のはえた小さいかたまりがゴロゴロ落ちてくるかにみえ、よくよく見ると、やせこけた犬である。ズルッ、孝典はツバをのみ、ポケットに入れたさびたアーミーナイフをそっともち、ヨーシ、ヨーシ、ギキュ、グキュ、と近づいていくと、犬も走ってきて、よくみると正面が笑っているみたいな犬で、これはなー、と思って孝典が抱き上げると、同じ丘の上から、犬よりちょっとでかいぐらいの人間がズズーと滑りおりてくる。えらく陽にやけた子供で、手を振ってこちらにくる。

「オウ」

孝典がいうと、

「お前、腹へってるだろう」

「エ、ナンデ」

「すっげー音だよ。うちの村じゅう爆笑だよ」

「ナーンダ」

孝典は笑い、

「おれ孝典。おまえは」

「おれ、ロドリゲス」

「へー、ロドリゲスか。じゃあここ、アメリカ？」

「うん、アメリカ」

「フーン」

孝典は場所がどうという人間でないと先ほど書いたが、日本でもメキシコでもこんな感じである。

「なんでおめーが先なんだよ」

「じゃあこいよロドリゲス」

ロドリゲスはだいたい十才ぐらいで、犬は三才くらいのようだが、孝典もまあそんな感じだ。村は砂漠の中にあって、近づいていくに連れ、孝典はア、アー、やっぱここもなーと思った。小さな羽虫のような群れが無数に集まった、黒煙のような空気が村とそのまわりの砂漠にたちこめている。ロドリゲスの家族はみな日にやけていて、村の何十人ぐらいの人たちが暇と好奇心もあって、孝典を出迎えにきていた。今日は恵比寿にいってメークしていないのでガタイのいい日本人のあんちゃんである。皿に積まれているのは、薄く伸ばしたトルティーヤで、じゃあここはメキシコかチリだな。チリ、とロドリゲスにきくと、うんサンティアゴの近くという。アメリカはアメリカでも南アメリカ。村の空気を黒く湿らせている煙のような気配は、あっちからかと、薄いトルティーヤを三十枚ぐらい頬張りながら小高いところにかけあがると、おそらく北アメリカのでかい工場がたっていて、そのまわりは地平線までトウモロコシ畑だ。石油が高いから、地球にやさしいトウモロコシをつくってみんな幸せ、というのがだいたいその国の考えだろうが、ロドリゲスの村の人らはトウモロコシ畑をとりあげられて、丘でコロコロ転がってくるくずのトウモロコシをトルティーヤにして食べている。それをこのオレにかー、と孝典は思ったが、グキュ、と鳴るのでまた十枚ほど頬張る。

翌朝、村のまわりを歩いてみた。アメリカ資本の工場。緑と黄色の草。笑った顔の犬、疲れたように日陰で寝ている村の人たち。孝典はロドリゲスに、紙ない、ときいた。古新聞ならとロドリゲスはこたえ、同年輩の友達と抱えてもってくる。

「何これ」

ロドリゲスがきく。

「ウーン、線香」

と孝典はこたえる。

「どーすんの」

「まあ見てなって」

孝典はこたえ一瞬目をつむり、きのう今日みた砂漠の風景を、テープを何度か巻き戻し、早送り、巻き戻し、早送り、という感じでごちゃごちゃにして、火のついた線香で一枚の古紙に、ひとつ、ふたつ、みっつ、と穴をあけていき、そして三十分ほどで、横だおしのオートバイ、その横にトカゲ、という、そんな模様が紙にポツポツあいたものをつくりあげた。ロドリゲスとその友達はフーンと感心したようにうなずき、

「器用だね」

といった。マアア、と孝典はいって別の新聞紙を取り、できたらまた次の新聞、という風に、だいたい村の家の数の分、様々なものの模様がポツポツとあいた紙をつくりあげ、翌一日かけて家々に渡してまわりながら、ごちそーさん、ごちそーさん、トルティーヤめっちゃうまかったっす、といった。渡された村人らはなんだか要領

を得ない顔をしていたが、外に出て太陽に照らすとアーと頷き、そのあたっている光と同じくらい明るい笑みをチリ人っぽい日焼けした顔に浮かべる。

アメリカの工場はぐんぐん稼働していたが、村やまわりを取り巻く黒い煙のような気配はすうっと薄らいだようにみえた。が、消えたわけではない。

「でもマア、俺こういうことはできるから」

というと、ロドリゲスや友達たちは孝典を同い年ぐらいの少年と思ってサッカーボールを蹴ってくる。オートバイが三台走ってきて空気銃で村の男や老人たちをポンポン打って、乗っている奴らは笑っている。

「何だアイツら」

「工場の奴らだけど」

「へー」

孝典はいって、

「オーイ、こっちこい、こっちこいよ」

と、腕をふる。工場の奴らはオートバイを寄せてきて、へーイ、うんにゃらかんにゃら言いかけたが、孝典の手の方がぜんぜん早かった。三人とも吹っ飛んで砂漠に頭を埋めた。ロドリゲスらははじめて尊敬の眼差しでこっちを見、村の老人は、これは秘蔵のボトルじゃ、とかげ入りのテキーラじゃ、と持ってくる。こんなことの方が孝典はよほど楽だし簡単である。と、ガキ、ズズ、と聞き慣れない音がしてなにもみえなくなった。南アメリカ、特にチリは日本と同じかそれ以上に地震で知られている。砂煙が鎮まり、孝典がようやく身を持ちあげまわりを見ると、ロドリゲスの村は村でなくなっていた。老人の痩せた足がつぶれた屋根からはみだしてみえた。ロドリゲスと友達がいた場所には、ロドリゲスの家がのしかかって、孝典はひとりでは動かしようがなかった。気配でない本物の煙がたなびいてきて、これはアメリカの工場だろう、生々しい香ばしさが混じっているのはトウモロコシ畑に火が移ったのだ。

夜通し燃え盛る砂漠のトウモロコシ畑の側で、つぶれた村の家々をまわりながら、ここにはあのじいさん、ここにはヒゲの生えた若い女、ここにはロドリゲスの兄と嫁、そしてここ、ここ、ここ、という風に孝典は一本ずつ線香をたてていったが、途中で足りなくなってしまい、強い風も吹き、一時間もすると真っ暗になってしまった。

孝典は背を丸めて座りながら、自分の背中から腹まで小さな穴が無数に空いて、そこを冷えた風が吹き抜いて行く気がした。一晩中座っていた。

そして朝四時半、東の大地から太陽が昇った時、トウモロコシ畑の火はくすぶり、村はつぶれたまま、動くものは何もみえなかったが、孝典は西の地面に無数の光でできた人の形をみた。それは歩き出した。孝典はついていった。光の人について歩きながら、俺はこれしかできないからな、と思った。笑っている顔の犬はついてこないだろうか。思いをふりちぎって、人の形の光と孝典の体は西の地平線めざし歩き始めた。チリの太平洋岸にはバルパライソという港があり、それはスペイン語で「天国の谷」という意味である。

東京・トライバルビレッジ浅草　二〇〇八年十月十八日(土)
市川孝典展「ｍｏｒｅｌｙ ｒｏｕｔｉｎｅ」共演 戌井昭人

第八話

箱庭

ハンガリーにある、古城を真似したホテルの部屋で、住吉智恵はアー、と手足を伸ばしてくつろぎ、やっぱあたし、ヨーロッパ、とおもった。隣の部屋から背の高い黒い背広のハンガリー人が、銀のお盆とグラスをひとつ、白ワインを持ってはいってくる。五輪真弓を男にしたらこんな顔というハンガリー人だが、住吉智恵は、アー、そこ置いといてくれる、といった。ウイ、マドモアゼル。ハンガリー人なのにフランス語でいった。

「アノサ、ＦＡＸとか電話とか入ってない」

「いいえ、マドモアゼール、あ、あんなところに風力発電」

エ、とチエはききかえす。

「こんなところに鉄格子」

「だから何よ」

「わたしの口癖です」

「フーン、ハンガリー人て変なのね」ＦＡＸも電話もないという話は住吉智恵を少しホッとさせたがちょっとイラッともさせた。

「ねー今日何日だっけ」

「今日でございますか、十月二十六日でございます」

「エ、ちょっと、日本とハンガリーて時差二日くらいなかったっけ」

「ございませんマドモアゼル」

「チョーやばい。今日、横浜で、戌井(いぬい)くんとしんじくんにテキトーに喋ってもらって、ていうイベントやる約束だった。遅刻っていうか……」

「大丈夫です、マドモアゼル。こちらへ」

隣の部屋にいくと、木の床の大きな部屋でまんなかにジオラマが置いてある。なんの、とみると、横浜市の南の方のジオラマで、みなとみらいの観覧車や帆船や港の見える丘公園が見える。アーよくできてんなー、と思いふと目を落とすと、埠頭の先っちょの広場で、輪っかを組み合わせた妙な囲いのところに、何十体か小さな人形が置いてありユラユラ揺れている。

「マドモアゼル、これ」

手渡されたルーペで覗くと、そこに、戌井といしいがいて、まんなかに住吉智恵によく似た（これ私じゃん）人形。よくよくみると、まさに人間のミニチュアが動いている。ハンガリーの住吉智恵は内心ホッとし、しかし、ちょっとイラついた。

「どーゆーわけ」

三渓園のジオラマも本物そっくり。赤レンガ倉庫のジオラマからはタイカレーの匂いが立ち上っている。なかの作品まで住吉智恵にはよくみえた。ジオラマのなかのそれらは住吉智恵をいっそうイラッとさせた。

なによこんなもの、ぜーんぶぜーんぶ箱庭療法じゃん。

「箱庭療法じゃないの！」

住吉智恵は掌を大きく振りあげてそこらをペシンと叩いた。ジオラマは簡単にひしゃげた。と、天井から白ワインの雫がぽとぽとぽとと垂れてきて、やがて部屋は白ワインで一杯になった。白ワインの中で住吉智恵はゆっくりゆっくりと回りながら、誰かの声が「風力発電」とか「鉄格子」というのをきいた。うっとりと目をつむる住吉智恵の隣で、みなとみらいの観覧車が青く輝きながら同じ速さで回った。

神奈川・横浜トリエンナーレ　二〇〇八年十月二十六日(日)
「オフビート談話室」共演　戌井昭人

第九話 鳥

鳥インフルエンザによる被害で大阪の住民九十八%が死にたえ、あとに残ったのは大阪のおばはんのみであった。たった二%生き残るくらいだから、おばはんのなかでもとりわけこれぞおばはんという感じのおばはんばかりである。わずかに残った男たちはビルや地下鉄の駅に逃れ、ねずみのように暮らした。それでもおばはんらの嗅覚はすさまじく、また、計算高くもあったので、男たちは一人また一人と捕らえられ、おばはんらの餌食になった。ここでいう餌食とは、まあ考えている通りのことである。男がどんどん少なくなっていく様をじょじょに深刻なことと受け止めたおばはんらのリーダーは、様々な計略を巡らし、いまや塀で取り囲まれた無法地帯となった大阪市内によその男を呼びこもうとした。

チャリティという名目で、韓国の有名な俳優ペ・ヨンジュンを招待した。ペ・ヨンジュンはけっこう大阪にいい印象をもっていたので、気軽にイイデスヨーと電話でこたえ、関空におり南海電車でなんばまでやってきた。大阪のおばはんといえばヨン様である。たちまちおばはんらに取り囲まれたヨン様はプラットホームで骨と皮だけになり、日本海をひらひらと風に乗ってソウルへ帰った。ジョージ・クルーニィという男も同じ目にあった。他にもいろいろ世界的な被害が大阪のおばはんらによってもたらされ、世界じゅうの誰もが警戒し、携帯電話の着信が〇六ではじまっていたら、即行で切るということになった。

事態を憂慮した大阪のおばはんのひとりが、このままやったらうちら死ぬまで男ひでりでっせ、なんかしやんと、××××なってまうわ。ひとりが手を挙げ、とりあえず、メシ喰わしたるゆうたらのこのこ何度でも来る男ひとり知ってまっせ。誰それ。松本に住んでる、いしいっていう物書きやねんけど、うち親戚と関係あるから、電話一本で来よりますわ。まーしゃーないな、そんな男でも猫やあひるよりはマシやさかい、呼んでみよか。でもな、ちょっと臆病なとこある男やから、うちらも体裁整えて警戒せえへんように呼ばんと。そやな。そやな。

ある日、松本でなんとか生きているいしいしんじのところに招待状が届いた。大阪図書館フェスティヴァル十一月二十四日午後二時西長堀の図書館に来てください。ぴーちゃん豆その他、いろいろご用意してお待ちしています。なんというおばはんらの悪だくみであろうか。食い物にひかれてやってきたしんじは何も知らず、呆けた声で図書館のホールで小説など書きながら読んでいる。目線で合図を交わしあった三百人ほどの大阪のおばはんたちは、ス、ス、ス、と立ちあがると、かつらをとるように若い女性やこどもや高校時代の友人のお面を剝ぎ取り、赤ら顔でくりくりパーマ、シャツの裾から肉がはみだしている大阪のおばはんの本性を現すと、男や、あんなんでも男や、と低い声でいいながら手の指をかぎ状にまげてユラユラ舞台のほうへ近づいてくる。ぼんくらないしいしいもさすがに気がつき、ア、そうか、と思った。

チョットチョット待ってください。ぼくも大阪で生まれ育った人間です。ここが、こんなままでええとは思ってません、けど自分のこんな薄っぺらなからだひとつで大阪がどうかなるわけでもない、せめてひとつだけこの自分にできることを、ここにいてはる三百人のおば……みなさんのためにさせてもらえませんか。

おばはんらはしんじが何をいっているのか正直よくわからなかったが、声の切迫さだけはなんとなく窺え、一歩前へ踏みだそうという足を自然にその場にとどめた。しんじは純白の紙に大阪のおっさん、と書いて、そして、短い大阪のおっさんの話を書いていった。はじめは理容室ローズのおっさん、住吉高校で絵を教えていたおっさん、デザイン事務所、サックス吹き、かつらをかぶってデートに向かおうとしている移動図書館のおっさん、おっさんの話をひとつずつ書くたび、舞台の上にぼんやりと影が現れ、それぞれのおっさんの姿をなし、三百人のおばはん、ひとり、またひとりの方へ歩みより、手首に輪ゴムがはさまったおばはん特有の手をとり外へ連れ出していく。

ひとり、またひとり。

舞台の上でしんじのからだは少しずつ小さくなっていった。二百九十九人目のおっさん、そして三百人目の話を書きおえるころ、もうほとんど子犬くらいになってしまっていた。しんじの手は最後、大阪の、と書き、しかしおっさんとまで書くには体が小さくなりすぎ、なにを思ったのか、犬、とかいた。しんじのからだはほんとうに白い子犬にかわり、西長堀の駅を駆けでていった。

なんば駅あたりを曲がり大国町、玉出、帝塚山、荒れ放題の廃墟となった大阪の町を、白い一匹の犬が駆けぬけていく。犬の形もじょじょに薄らぎはじめ、だんだんと透明になっていく。チンチン電車の線路から万代池に入り、咲いていたひなぎくを口でちぎり、ほとんど透明になった白い子犬は、住吉区万代四丁目二十六番地にのこる瓦礫（がれき）の上にひなぎくを置き、同時にその場で透明に消失した。いしいが生まれ育ち両親が眠っている場所だった。三百人の大阪のおばはんらとおっさんらは、その夜瓦礫のまわりで酒を飲み、誰もきいたことのない大阪の歌をうたった。

大阪・大阪市立中央図書館　二〇〇八年十一月二十四日（月）
「いしいいしんじの大阪のライブ」

第十話
本

その廃墟の町の一画は古くからＡＢＣとよばれていた。だいたいビル一個分ぐらいの敷地のなかに様々な店が軒を連ねている。その並んだ店それぞれがＡＢＣで、というのも、青山バナナセンター、青山バタフライセンター、青山バイシクルセンターなど、もうありとあらゆるもののセンターがその区画に集っていて、それぞれの店で、それぞれの物品に詳しい店主が、毎日午前十時から午後十一時ごろまで接客サービスをする、という場所がＡＢＣである。

ある年の十一月、ひとりの古めかしいワンピースを着た少女がＡＢＣにはいってき、青山ボウリングセンターの店先で、アノー、「日々の泡」ありませんか、ときいた。パーマ髪の男はボウリングには詳しいが、しゃぼん玉や石鹸の知識は皆無である。

「ごめんね、うち、硬いボールおいてっけど、売ってないんだよね、泡」

少女はうなずき別の店にいった。青山バナナセンターに入り、アノー、「彼女について」っていうよしもとばななの新刊ありますか。青山バナナセンターの女主人カオル（八十八歳）は、チキータバナナや台湾バナナは知っていたが、よしもとバナナというバナナはきいたことがない。

「お嬢ちゃん、ごめんねー、うち、内地のバナナ扱いないんだよ」

少女はそれからもＡＢＣのなかの様々なセンターにいっては、町田康の「告白」、スタンダールの「赤と黒」、あと、「百年の孤独」とかありませんか、ときくのだったが、絵の具屋じゃないからとか、お寺とか、悪気はないのだがいかんせん知らないし、ないものは売れず、青山ブッディストセンターの僧侶や青山ＢＩＲＤセンターの鳥そっくりの若者などは、ただ戸惑って口ごもるしかなかった。

そのなかに岡みどりという店員がいた。非常にお洒落で知られた女性だが、青山ボロセンターの店主をしていることに誇りをもってもいた。夜のＡＢＣの会合で、「谷間の百合」とか、「あらがわ」とか「人間失格」とか、いったいなんすかねー、と店員たちがいうのをきいて、岡は妙な胸騒ぎにかられた。私なんだか昔、そういうのに囲まれていたような気もする。

岡みどりはその深夜、ボロの在庫整理のために遅くまで残り、気がついたらＡＢＣには彼女ひとりだけだった。帰ろうとしてカギを警備室に持っていく。警備員はおらず、適当に閉めて帰ってください、とメッセージの声が電話に残っている。岡みどりは昼間に感じた感覚が急に強くなってくるのをおぼえ、それはまちがいなく足元からじかに湧きあがってくるのだった。警備用のスキャナーを床に向けてみる。危険人物の侵入や核爆弾のテロにそなえてＡＢＣが導入したものだが、モニターには地中深くの様子が地層の皮をどんどんめくるように映しだされる。岡みどりはハッとしてスキャナーのボタンを取り、拡大スイッチを押した。灰色の荒い画面に、地下の川だろうか、とうとうと水脈が流れ、四角い小さなものが水に洗われて積み重なっている。よくみるとそれぞれの表面に日本語で、「坊っちゃん」、「ふらんす物語」、「グレート・ギャツビー」、「スローターハウス……」数字は泥でよめない。

なんだろうこれは。岡みどりはスキャナーで様々な地層をてらした。「全国昆虫ずかん」、「三分クッキング」、「おひとりさまでもだいじょうぶ」、「Ｗｅｂ2.0時代」、

「犬できるかな」。

なんだ、なんだろう。岡みどりは夢中でスキャナーを走らせているうちにだんだんと自分の中もスキャンしはじめた。遠い暗がりに焚き火が見えた。火を取り囲んで老人や若者、子どもがいる。老人が低い声で、犬っていうのはあれは夜の空からおっこちてきた生きもんで、もともと三本足だったんだよ、とささやいている。さらに別の暗がりでは、やたら横に長い石のかべにガリガリなにか彫りつけている人がいて、そのうしろで王冠をかぶった男が、それでそれは終わりになるのか、とたずねている。

長たらしい白い巻きものに、毛の生えた棒で、たらたらひらがなをかいている長い髪の女がいた。動物のはいだ皮を四角く切って、ぎっしりと文字の埋まった紙束をはさみ、暖炉の上にかざる巻き髪の女がいた。

そうか、と岡みどりは思った。ABCのBって、たぶん。サッと地層の水流が映る。水に洗われた看板。「青山BOOKセンター」。

岡みどりは、BOOKとは何か、血の中で誰かが叫んでいる感じがした。バタフライセンターが地上にある場所にはもともと虫のBOOKコーナー、バナナセンターの真下には料理の、バイシクルセンターの地下深くには競輪や野球のＢＯＯＫ。そして「百年の孤独」、「赤と黒」、「限りなく透明に近いブルー」、「細雪（ささめゆき）」、「濹東綺譚（ぼくとうきたん）」など、ボロボロの紙束の横に小説という札があり、じゃあこの上はいったい、いまＡＢＣのどこだったかしら、と地上にスキャナーをあげていくと、そこにはなにもなかった。ＡＢＣは岡みどりがいるいまその部分の地上だけ、シャベルでえぐりとったように区画が凹んでいた。私は今、センターから小説がはじきとばされた時代に生きているのだ、と岡みどりは思った。

翌朝ＡＢＣの人事部に申し出て岡みどりはＡＢＣをやめた。リュックサックをせおい、シャベルでそこだけえぐりとった区画の場所から、荒れはてた青山へ歩きだす。古い感じのワンピースをきた少女が寄ってきて、隣に立って歩きだす。この子は小説を読んでいたわたしだ、岡みどりは思った。ＡＢＣがまだ青山ＢＯＯＫセンターだったころ、今は地下水流に洗われている泥まみれの小説を読んでいたひとたちの姿だ。そうでしょう。岡みどりが俯き笑いかけると少女はなにもいわず、閉じた本のなかに溶けこむように消えた。

岡みどりは微笑んだまま瓦礫の残る街を歩きつづけた。きっとどこかに泥まみれじゃない、水でべこべこにもなっていないＢＯＯＫのあるところがみつかるだろう。私はそこでＢＯＯＫを売る店を開く。そしてそこはあんな少女や、少女の形をした様々なもののための、この世のセンターになることだろう。

東京・青山ブックセンター本店　二〇〇八年十一月三十日（日）
『四とそれ以上の国』刊行記念

第十一話
坂

赤坂は坂の多い土地である。二〇〇八年十二月二十日、市川孝典の線香の火で、ニュートラウマリスを全焼させられた住吉智恵は、着の身着のままで呆然と赤坂の町を歩いていた。もう一軒、もう一軒だけ、お店やれないかな。そうはいっても、自慢のアートコレクションももう燃えてしまったし、友達は多く外国に逃げてしまい、共同で店を開くというアイデアも使えない。今日赤坂の坂をあがって歩いているのは、坂の上に住む坂上（さかうえ）弘という著名な歌手に会いにいくのである。

坂上弘は、音楽評論家の湯浅学氏がつつじヶ丘のカラオケ歌合戦で見出した八十八歳のラッパーである。デビュー曲は自らの体験をもとにした「交通地獄」という歌で、この歌をつくるために坂上はＬＬ・クール・Ｊとかスヌープ・ドギー・ドッグなどのCDをはじめて自らの金で買い、それでラップをつくった、ときいている。

坂は急だった。腹の減った住吉智恵には、けっこうきつい傾斜だったが、この坂の上に坂上弘がいる。そして、何とか新しい店を開く算段ができるかも、ということで自然足にも力が入った。しかし坂の上に建っていたのは、空き地に一棟のビニールハウス。坂上弘の時代はデビューCD発売後の一週間でおわっていたのである。

住吉智恵はそれをみてとり、少し絶句したけれど、根がもちこたえるタイプなので、バラックの戸を叩き、坂上さん、坂上さんといった。

坂上弘が緑のダブルのスーツであらわれる。舞台衣装でそのまま寝るのも起きるのも食事もひとつだが、これは今では智恵も変わらない。

「よく訪ねてきてくれました。せっかくだから歌いましょう」

坂上は「交通地獄」をうたった。それから持ち歌の、カヴァーですいませんが、といって「イヨマンテの夜」、そして尾崎豊で有名な「卒業」という歌を歌った。

住吉智恵は尾崎豊の「卒業」をいいと思ったことがなかったが、坂上の歌をきいて、こんないい歌だったんだと思った。

「アンコールお願いします」

「じゃあちょっと準備があるんで」

坂上は家の裏に回ってごそごそなにかしている。ドーゾー、と声がしたのでそちらへ回ってみると、坂上がいない。ただの空き地で、坂上さん、坂上さん、と呼んでいると、智恵の足の下から、

「私のお墓の前でー、なかないでくださいー」

ともう一曲持ち歌がきこえてきた。八十八歳の老ラッパーが土中で歌う「千の風」ほど強烈な表現はそうそうない。住吉智恵と坂上弘は、翌々週の大安の日、入籍した。

穏やかな日々が始まった。多くを話さないで、年の離れた夫婦は赤坂の坂を上ったり下ったりしながら歩く。

「あの植え込み食べられるだろうか」

「弘さん。ホラ猫が！」

「ぼくはもうちょっとそういうのは……」

智恵はまだ血気盛んなことがときどきあるので、猫をみつけたら猫を追う。追いつめようとするとなかなか噴水には落ちないものである。

ここでいっておくが、坂上弘は実在する本物の歌手である。ＣＤデビューも本当で「交通地獄」も本当だ。住吉智恵は弘の歌をできるだけ多くの人間にきかせたいと思った。本気でそう思ったときの智恵はわりとそうなってくることが多く、自然に、という力を信じているところがある。

建物を燃やした罪で長く入っていた市川孝典が出所してきた。

「智恵さんコレ。ゴメン、悪かったって思ってるよ。だからコレ」

手渡されたのは、刑務所のなかで会った相当な顔の男たちのポートレートで、

「あんたこれなんで描いたの」

と智恵がきくと、孝典は悪びれず、

「ンー、虫めがね」

といった。アー、と智恵は思った。

お詫びにとくれた孝典の絵の出来は素晴らしいけれど、トラウマリスが燃えた智恵には飾るところがない。

「どうしよう、弘さん？」

「うちの空き地のロープに洗濯ばさみで留めといたら」

智恵がそうして三日経つと、黒塗りの自動車（名古屋ナンバー）がビュンビュンやってきて、みるからにその筋とわかる人間が降りてきて、

「オイ、この絵、アニキの絵いくらだよ」

というので、智恵が五万といおうとしたら、うしろから弘が百五十万といった。

「わーった」

絵が一枚売れると、あとは勢いがつき、週刊実話にも投稿があったらしく、組関係でない素人のヤクザ映画マニアがやってきて、何もいわず金を払って帰った。

「すごい、アタシもう店出せる。ニューっていうのはもう使っちゃったから、何トラウマリスにしようかな」

弘は嬉しそうにみている。

「智恵さんちょっと」

と、坂上弘はポケットのなかの物を出した。鍵である。

「エ、何これ」

「実はね、つつじヶ丘のマンション。ずっと持ってるの忘れてた。これ智恵さんにあげます」

「エ、忘れてたの」

それでも智恵は孝典の絵の金で、また孝典の絵や、他の画家の絵など買って飾れるので嬉しいと思った。トラウマリスがつつじヶ丘、というのは全く馴染めないけれども。

「智恵さん今日ね、僕の誕生日なんです」

「エ、そうなの」

智恵は驚いてばかりだ。

「ごめんなさい、あたしなんにも用意してなかった」

「いいんですよ、八十八歳にもなると欲しいもんなんてありません。智恵さんにマンションあげられるっていうのが僕のプレゼントですから」

と弘はいった。

雑草のような生き物でもよくよくきれいに生えているということがある。智恵は、八十八歳だけど、この亭主でよかったかもしんないと少し思った。

「でね智恵さん」

夕暮れのなかで弘がいった。まわりをみると、空き地に線香が立っていて、だいたい八十本くらいある。

「弘さん、八十九になったの」

智恵がいうと、

「いや、八十八のままなんです。八十八歳をずっと生きつづけるのが坂上弘だから」

「何いってんの」

智恵はわからなかったが、線香が放つオレンジ色の光のなかで、なにかが足の下から湧きあがってくる感じがあった。

「ヤメテよ」

智恵はいった。弘はただ笑っている。湧きあがってきたのは白々と揺れた煙、空からは白い玉のような雪が音もなく舞い落ちてくる。ジュッ。一本の線香に当たって雪が音をたて火は消えた。

「ヤメテ」

智恵がいう。そのそばからまたジュッ、ジュッ、線香が一本ずつ消えていく。坂上弘の緑のダブルスーツはくっきり光に浮かびあがり、

「八十八歳の今が一番楽しくなるとは、八十八歳になるまでわからなかった。智恵さん、どうもありがとう」

と、古い人のいいかたでていねいに礼をした。ジュッ、ジュッ、雪が音をたてて線香を消していく中で智恵は、

「歌ってあんた」

と弘にいった。

「うん」

と弘はいった。そして智恵のそばにいって、耳元で智恵にだけきこえる声で、智恵のいちばん好きな歌をうたった。だから智恵にしかわからない。夫婦とはそんな感じである。すべての線香が消えてしまうと、思っていた通りまわりはまっ暗になり、智恵は自分がそうなるとは思っていなかったが、じょくじょく涙を流し、あんた、あんた、といったが、もう答えは返らなかった。

弘は八十八を卒業したのである。

智恵は涙でもうぐしゃぐしゃになり、しゃっくりのような声をあげながら赤坂の坂をくだっていった。

途中でフランスの城の冗談みたいなホテルがあり、そこの噴水を猫が覗きこんでいた。何かいるのかな、と少し亭主のことを忘れ、猫に釣られて智恵は覗きこもうとした、と、猫が振りむき、ミギャーといって足を滑らせ、噴水にはまってまたいっそうミギャーといった。動物がこんな風に動くことができないかできるか。できる、と思ってみている智恵の想像をさらに超える動きで、猫は海老のように水面を叩き、噴水から飛びでると、スポーツカーのような勢いでホテルの路地に消えた。

智恵は呆気に取られて見送ったが、あの猫がああなんだから、あたしだって大丈夫。なんでだかよくわかんないけど、そう思った。つつじヶ丘までいく電車に乗る前、白ワインを買って、弘のために乾杯しようと思った。

東京・赤坂トラウマリス　二〇〇八年十二月二十日(土)

市川孝典Live Drawing session

第十二話

山

男が二人連れで山を登っていく。春のまだ浅い山でところどころにまだ凍りついた雪が溶け残っている。男はうしろからついてくるもうひとりを振りかえりみながら、なんで俺がこんなやつと登山を、と思った。というのも、うしろからえっちらおっちらのぼってくる表情に変化のない登山者は、松本市の人間しか知らない「アルプちゃん」である。

アルプちゃんとはいわゆるゆるキャラ、顔がとてつもなくでかく、頭はアルプスの山になっていて、花の髪飾りをしているのは「お花いっぱい運動」というこれも松本市民しか知らない運動のもじりである。手に持ったバイオリンは登山にはぜったい邪魔なはずだが、アルプちゃんなので離すことはない。なぜバイオリンか、それはまあわかっているとは思うが、年に一度もじゃもじゃ頭の指揮者がやってきて、ホールでオペラや交響曲を指揮する催しが有名だからだ。その上、胸には、食べ物をこぼしたようなしみがついている。男は先ほど、なにそれ、しみ？　ときいたら、アルプちゃんは首を振り、ちげーよ、これ松本の地図じゃん、と妙にすかした口調でいうのである。表情が変わらないといったが、これは知ってる人しか知らないが、時々ウィンクする。頭がでかく、足が極端に短いので、急な登山路をヨタヨタとまるきり安定せず、まるで底が欠けただるまである。

あ、そういえば、と男は山を登りながら思いだす。生まれ育った松本の家の近所にだるまが看板の店があった。ただ、そのだるまは普通のだるまではなく、逆さまになっている。清水橋をお城の方へ上がっていったところにあるその看板は、逆さのだるまの横に「發狂的」とかかれ、なんの店だかよくわからないが、実は履物屋だ。

男は振りかえりアルプを待つ。

「わりーねー」

アルプはいって足を小刻みに動かして登ってくる。

「コーヒーでも淹れる？」

松本には喫茶店が多いがアルプもコーヒー好きである。しかし手が短いのでポットがあごに当たる。アチチ、というので男はコーヒーを淹れてやる。

午前の日差しはなかなか高く昇らない。黄色っぽさを残したままの朝陽のなかをアルプスの山の高みへ高みへとふたりは登っていくが、下山してくる登山者たちは、誰も男に、こんにちはとか、おはようとか、声をかけないし見ようともしない。こんなアルプなど連れているからだろう。アルプも責任を感じたのかもともと笑っている顔をもっと笑わせ、

「アタイが一曲弾いてやるよ」

といってバイオリンをあごに当てるが、ギーコギーコギーコ、とのこぎり挽きのような音である。男はほっておいて更に登る。

男は小学中学高校までを松本で過ごした。どうして松本の人は深志高校というとき、ちょっと嬉しそうになるのだろうか。それはさておき男は信州大学ではなくて、京都の大学に進んだ。専攻する学科の関係である。京都大阪は食べもの文化が正直、松本とはまったく比べようがないと男は思ったほどで、とくに鯖ずしを作ったり刺

身にひいたりと、和食系のことは関西にいるとみるみる上達した。それだけでなくケーキを焼くのもうまくなった。このままいろんなところをまわって料理修業やるのもいいな、そう思っていたところ、松本の実家のことがあって、郷里の松本で仕事を継ぐことになった。

山はだんだんと緩くなり、ふとみるとアルプが隣を歩いている。

「ねえ知ってる、山で死んだ人のからだ、オロクっていうんだよ」

登山中になにをいいだすのであろうか。しかしアルプの顔も口調もゆるキャラ風に屈託がない。

「あんたの爺さんくらいまではさー、山で死んだ人はそこで燃やしたんだよねー」

アルプはいった。

「でも全然陰気ってことでなくて、だって、山ってそーゆーことじゃん」

アルプはいった。男はアルプがなにをいっているのかよくわからなかった。たしかアルプは男でも女でもなく妖精だときいているが、ひこにゃんなどに引き離され、市外にいくと上田や小諸では誰も知らないアルプが、この山の上ではやけに自信満満だ。もう男の先をあんなにも遠く上の方まで歩いているではないか。

空ははどんどん広くなってくる。男は荷を背負（しょ）いなおし、足を速めた。そして正確に、山に登る、ということだけにからだを動かそうとした。そのつもりだったのだ。

しかし、男は山を登りながら、なんとなく足元がおぼつかず、かえって、胸のなかがグラグラと揺れはじめるのを感じた。アルプが振りかえってみている。男は昨日の自分を思いだそうとした。何もなかった。一昨日（おとつい）何を食べたろうと思った。何も浮かばない。生まれてこのかたのことは幼い頃から順を追えば思いだせるのに、昨日、いやこの山を登りはじめるそのときのことさえ、男の頭には何も浮かんでこないのだった。

空は青というより紺色に近く、まわりの水はナイフのように冴え冴えと輝いている。男は山道が急に狭くなったように感じた。歩いていくうち、かすかに見えてくるぼんやりとした灰色の風景があった。それは山肌にぼんやりと浮かぶ映像だった。といってもはっきり目に見えるのでなく、男の網膜の中で起きている事件のようなのだ。人が集っている。椅子に座っている人、立っている人、全員の顔全員の名前、すべて男は知っている。妻も娘もいる。知りあったばかりの小説家とその妻もいる。

そのホールに集っている人を全員男は知っていて、しかし欠けている、という感じが足もとからわきあがり、そして男はア、と思った。俺が欠けているんだ。

アルプはいつのまにか真横に立っていた。

「アタイさ、妖精だから、思ってることと見えないことの区別アンマないんだけど、アタイにはアンタよく見えてるよ、ちゃんと山にいるよ」

男は、さきほど下山してきた人らが挨拶もせず顔をみようともしなかったのは、アルプがいたせいではなかったのだと思った。アルプはまた登りだしながら、あごにバイオリンをあてて音を奏でだした。今度はのこぎりでなく、山間(やまあい)を吹きわたる風か、その中に混じる鳥の声、夜目を閉じると上で星が鳴っているというような。

「アルプ、いい音だね」

男がいうと、

「デへへ、山の音だよ」

とアルプはいう。音とアルプと男は一緒になって山を登った。やがて稜線に辿りつき、越えたところでアルプが、

「さあ着いた」

といった。男はきこえなかった。その見えている景色に圧倒されていた。山の頂をこえるといきなりそこは山の上のみずうみで、そのみずうみにまっ白い峰が突きささるように映りこんでいる。そしてその峰にもみずうみがあり、そこにまた別の峰が、また別のみずうみが。峰とみずうみが交互に折り重なり、みたこともない形の空間に、感じたことのない時間が流れているのが男にはわかった。みずうみは凍っていなかった。ここはぜったいに凍らないのだと男にはわかった。みずうみの岸にはロバや猫や猿がヒョイヒョイ自在に跳ねている。アルプは表情の変わらない顔で、

「ここあんたの場所だけど、ときどきここへきて振りかえってごらん」

エ、男はいわれたように振りかえると、山と山の連なりの向こうに、銀色の粉がよせあつまったような街、松本が見える。北から見ているのか南からか、男にはわからなかったが、松本であることはたしかである。

「あのさ、こっちから見えてるってことはあっちからも見えてんだよね」

とアルプはいった。そうなのか、と男はおもった。

「あんたは基本的に松本にいるんだよ、松本もアルプんなかだから」

とアルプは自慢げにいった。男は目をつぶった。そして開くと、みずうみと動物たちの跳ねまわる様子はそこにあったが、アルプの姿はもうなかった。男はどうしてかわからないがまわりをみまわして手を合わせた。するとからだの両側がだんだんと膨らみ、十メートル、百メートル、一キロ、十、百、ずっと先まで伸びていき、晴れた青空の下の松本市を取り巻くのを感じた。むこうから見えるならこっちからも見えるのだ。男の胸の上でロバや猫が躍るように跳ねた。木霊（こだま）のようなバイオリンの音色が松本の薄川のほうへ流れくだっていった。

長野・松本半杓亭　二〇〇九年一月十六日（金）

第十三話

縁

しもんと玲子は絵描きの夫婦である。玲子は現在妊娠六ヶ月、つい二日前までつわりに苦しんでいた。それはまるで船に乗ってゆるーい波にあげられたりさげられたり揺さぶられたりといった感じらしいが、しもんは見当がつかない。しもんは、男だからだろうか、と思っている。

二〇〇八年の暮れ、しもんは知り合いのいしいしんじという男に電話をかけ、個展を開くギャラリーで一緒になにかしてほしいといった。いしいは、アイヨ、といった。

「個展が終わるのが二月十五日なので二〇〇九年二月十五日にお願いします」

アイヨ、いしいはいった。二月十五日という日付は一年三百六十五日のうち、他とは少し意味合いの違う日だが、それがどういうことなのかしもんはまだ知らないだろう。

冬のある日、玲子が台所でなにかしている時、しもんは日のあたる寝室兼リビングというような部屋で、白い絵になんとなく筆で線を引いていた。赤い線、白い線、黄色い線。ふと気づくと線はどんどん伸びて白い紙からはみだしていき、そしてさらに引きつづけていくと、しもんは自分のからだが線になって、するするする、と伸びて、日を射しいれている窓を突き抜けて、屋外の空へ出ているのに思い当たった。戻ればいいし、ふつうなら怪しむところだが、そこはしもんは画家である。伸ばしはじめた線がそのままどこまで伸びていくのか確かめずにいられないから現在のような暮らしをしているのだ。しもんは、するするするする、と伸びていった。東京から南へ南へ、このままいくと海へいくなあ、ピンクからオレンジに色を変えながら伸びていく線のしもんはそう思った。

家の台所から玲子が呼ぶ。

「ねーハンバーグの上にのせるの大根おろしと目玉焼きどっちが好き」

答えはない。大きな腹を抱えて、居間へ出てきた玲子は、何が起きたのか最初わからなかった。半日、一日経ってもしもんは戻らない。腹ぼてのあたしを置いてフラフラ出てって三日も戻らないなんて、ムキー！　玲子は地団駄とはこう踏むから地団駄というのかというような踏みかたで地団駄を踏み、以前なら赤ワイン、ビール、焼酎を混ぜたものに、オレンジジュースを注いで一気飲みのような無茶をやるところだが、そこは妊娠六ヶ月の女性である。腹を抱えなおすと、腰痛が軽くなるマタニティ体操に精を出すのであった。

しもんは沖縄の海で珊瑚礁の上を漂っていた。透明だったり、黄色く歪んだり、くるくる螺旋状に巻いたりする。ガクンと落ちこんだ海底の崖では立ちすくみ、直角に曲がって降下していった。闇の海底で反射し、一気に海面へ突きでる。そのままオーストラリア、ゴールドコーストの海岸線、東へ転じてチリの港町バルパライソ。バルパライソとはスペイン語で天国の谷という意味だが、線となったしもんがその崖へ、谷底へ、まっしぐらに落ちこみ、そしてまた、屈折して突っ走る、ということをしないわけがないだろう。

南アメリカ大陸には、その水量で有名なアマゾンという川の地帯があるが、しもんはその川筋ひとつひとつを辿り、どれも同じようで、まったく異なった川の生々しい流れを、自らのからだで一瞬ずつ躍っている、というようなことを画家としてやっていた。アマゾンの河口まで遡ると、水平線がみえ、その湾曲する線に重なることくらい、今のしもんには造作もない。

水平線を進んでいくにつれ、次の大陸が目の前に現れる。そこは地上でもっとも動物の種類が多いとされる巨大な大陸で、ぎざぎざと折れ曲がるキリマンジャロの稜線となり、大地を見晴らすしもんは、そこが自分のもっとも好む線であふれているのに気づき、うっとりとした。動物や植物のからだのライン。そこに光が当たり、前から後ろへ抜けていくときのあいまいな輝き。フラミンゴがしもんの理想とするような角度で片足を曲げ、きりんが灰色の舌をのばし、象が鼻をU字に曲げてしわしわの背中に泥をかぶせる。しもんは様々な線となりアフリカを駆けまわった。伸びていった、という方が正確かもしれない。

そのまままっすぐに西へ抜けようか、というある時、しもんの前に、天井の開いたサファリ用ジープが通りかかり、しもんははっとなった。助手席の乗客がスワヒリ語の新聞を開いている。しもんはスワヒリ語はわからないが数字なら読めた。二〇〇九、二、十五。

二月十五日は吉祥寺のＯｎｇｏｉｎｇというギャラリーで約束があったのではないか。なのに今、自分はナイロビにいるのか。

しもんは愕然とし、なんとか今日中に帰れないかと進もうとするが、筆で描く線が音速で前進していくことはなく、もしそうだと絵の具がかすれてしまう。どうしよう、どうしようと思っているうち、自分の伸びてきた線のどこかを、弱く、しかし確かなリズムで、ズンズン、と弾く指があるような気がした。しもんは集中し、そのベースのようなズンズンに耳を澄ました。すると全身にそのズンズンが広がり、ズンズン、と世界が震えはじめ、線となったしもんは全身が弦のようになり、ズンズン、とこの世に響きだした。ズンズン、ズンズンズンと、変拍子で大きく弾け、しもんは気がつくとＯｎｇｏｉｎｇの二階の壁に筆の先端でゆるく伸ばされていた。

ズンズンというリズムはまだどこからかきこえている。

しもんは線の先でみまわす。それは丸い腹のなかから鳴っているようだ。玲子が動きまわり、ときどき座る。そうしてこちらを向いてシャッターを切る。

そうか、しもんは気づく。玲子も気づいている。はじめからわかっていたのだった。

第十三話　線

二月十五日はいしいしんじの誕生日である。一九六六年二月十五日、いしいしんじは日本の大阪という町で生まれた。はじめは女の子と思われていたが、いざ出てきたら男だった。女の子と思い、愛、弓とかいて愛弓という名を用意していた父親はがっくりした。二〇〇九年二月十五日、この瞬間から、地球を何周逆に回すとそのときにあたるだろう。線のしもんはそう考え進みだす。我々が住んでいる地球という天体ごと、太陽のまわりを一周二周回っていくと、ある時ある場所でしんじが生まれたその場に行き当たる。しもんには、それは不思議だが、当然のように思われる。すぐそばに玲子がいるのだから。

三周、四周、十周、十二周、と回っていきながら、しもんの線は玲子の腹にも移り、ぐるぐる巻きのコイル状だったのが、だんだんと平べったい円柱形、いわゆるケーキのような形を成してくる。十七、十八、二十周と過ぎながら、ケーキの上にぼんやりと、十七、十八、二十、二十一と、小さな灯りがともりだす。二〇〇九引く一九六六は四十三である。四十一、四十二、そして四十三。玲子は自分の腹にともった四十三の灯りをみおろしてフーフーと息を吹きかけ、すると、しもんの線はすーっと玲子の腹のなかへ沈んでいった。

ズンズン、そこにある小さな、しかし確かな指が、自分のどこかを弾いている。そこはまだ、ひとつの灯りも点いていない暗がりにみえるが、腹を通して差しこむ光のなかで、無限の灯火が輝いているようにもみえる。しもんはズンズンと弾かれながらゆるやかに伸びていき、しんじや、その同じ場所にいる人たちの輪郭に被さった。ズンズン、と指が線を弾く。そのようにして、皆、この場所に結びついている線である。

東京・吉祥寺Ｏｎｇｏｉｎｇ　二〇〇九年二月十五日(日)
下平晃道展「覚えたての空間」共演　下平晃道

第十四話
本

東京堂書店の佐野店長が奥でダンボール箱を開けていると、

「佐野さん大変です」

と店員の田村が駆け込んできていった。

「何が、どうしたんだ」

佐野はいつもけっこう冷静である。

「店長、あたらしい本屋……店、ができたんですけど、それがもう……いって見てきて下さい」

聞けば場所は明治大学のビルの跡地だ。明治大学が最後の革マル派によって爆破されて以来、もう十五年にもなるのか、と佐野は駿河台下から坂を上がりながら思った。まわりの風景はそれほどは変わっていない。ア、昼飯、と思って佐野はエチオピアに入った。エチオピアとはカレー屋で、野菜カレーが佐野は好きだ。神保町という町にカレー屋と中華料理の店がなぜ多いのか、留学生とか大使館とか、説はいろいろあるが、佐野はなんにせよ、うまいカレーとうまい冷やし中華があればまあ生きていかれると思い、口を拭いて、席を立った。

明治大学の跡地は鉄柵に囲われてい、そこにへたな筆の文字で、「書肆ねこだらけ」、と看板が出ている。柵の向こうから得体の知れない声が、ゴワー、ムオー、と響いていて、佐野は、看板の横の呼び鈴を美しいひとさしゆび（ヒミツ）を伸ばして押した。

「はいいらっしゃい」

「あ、いしいさん」

「あ、佐野さんでっか」

二十年くらい会っていないが、いしいは昔は本を書いていた男だ。今は何をしているのかわからないが、二十年ほど前、京都とかあちらの方へ移ったときいたことがある。

「いしいさん何してるんですか、こんなとこで」

アー、といしいは口を開け、

「わしな、本屋始めましたんや」

と、長く関西に住んだもののず太そうな口調でいった。

「本屋？　でも、この鳴き声」

アー、またいしいは口を開け、

「わしの店のんは、本いうても、ただの本やおまへんねや。佐野さんやったらマアよろしな、どうぞ、サ、どうぞ」

はいってみると今度は佐野が口を開ける番だった。山の上ホテルの手前の、岩がむきだしの台地の腹に、豚、牛、猿、無数の犬や小動物が綱を付けられ、足を蹴ったり首を動かしたり大騒ぎである。

「いしいさん、これは」

佐野は振りむいてきくと、いしいは二頭の牛に近づき、

「あのね、こっちの牛、『アブサロム、アブサロム』、こっちは『八月の光』いいまんのや。でな、おなかよう見てごらんなはれ、出だしの四頁印刷してあるから」

エ、佐野は近づいて見てみた。米粒より小さな活字で牛の腹にたしかに、学生時代愛読したフォークナーの書きだしが印刷されている。

いしいは得意気に、

「あのね、動物の体に印刷できるインク発明しましたんや」

ぐるりをみまわして注視すると、どの動物の首にも板が掛かっているか立札がある。ロバの首に『白痴』、ウネウネ動いているミミズの前に『卍（まんじ）』、『カフカ全集』と書かれた札のうしろで子熊が踊っている。金魚鉢に三匹らんちゅうがいるが、鉢にはられたシールには、『収容所群島』と書いてある。佐野はどれも読んだことのある本だが、だいたい金魚にどうやって印刷しているのか、いしいがおかしくなっているのだ、と思い、そそくさと鉄柵を出た。

それから何ヶ月か経った。店員の田村が、佐野と一緒にカレーを食べているとき、

「あのねこだらけ書房、流行ってるそうですよ」

エ、佐野は驚いた。

「動物好きと本好きって意外に重なるんですかねえ」

田村はいったが、そんな問題じゃない、佐野は思った。御茶ノ水の駅に用事があ

るとき、柵の隙間から店内（野外）を覗いてみたら、馬が駆けまわり、牛の数も増えているし、ちょっとあれじゃ、フォークナー全集だな、と佐野は思った。実際「ねこだらけ」は繁盛してい、いしいはその河内のおっさん的センスの組み合わせで動物の本を作り、噂では外国からマイケル・ジャクソンまで猿を買いにきたという。いしいは金持ちになっていったが、食べるものは神保町だからカレーと中華ばかりで、しかし、佐野と同じく、それでちょうどいいと思っていた。

「ねこだらけ」のなかでヤバイことが進行していた。ロバと馬が番（つが）ったり、豚と牛が同衾（どうきん）したり。すると、何ということだろう、そのできた子牛や子ロバの腹には、太宰治調の『純粋理性批判』や、横山光輝（みつてる）の書いた『アンクルトムの小屋』の一節が浮かびあがり、本好きか動物好きがプラカードをもって店の前に抗議しにきたが、いしいはニヤニヤ笑い、

「あんたら商売の邪魔や、ホレ」

といって『巌窟王』の書かれた虎で脅す。そういう珍種こそまた高値がつき、いしいはエチオピア、揚子江、ボンディなど買いとって、すべての店で大盛りを食べた。

ある日店の戸を開けると様子が違う。異臭がし、ぼんやり暗く、湿気が圧迫するように立ちこめる。いしいは、

「なんや、どないした。『アブサロム、アブサロム』、『八月の光』、『卍（卍はミミズ）』、『ホイジンガ』」

声を限りに呼んでも、動物らはぐったりし動かない。

いしいはインクの解説はできても書店はやったことがなく、本のもっとも怖いことをわかっていなかった。シミである。動物たちのからだのところどころが透明になったり、穴が開いたりし、そこから湿気や異臭がプンプンたちこめ、『ボヴァリー夫人』（豚）はオアーとうめき、『あら皮』（猪）は声を出す気力もない。いしいは動物らを日向に追っていき乾かそうとしたが、無駄である。と、噂をきいた佐野が、しょーがないなあ、と古書店組合に声をかけると、

「マア、佐野さんの話なら」

といって、それぞれの店の店員がそれぞれの店の一冊、田村書店なら西脇順三郎の詩集、小宮山書店なら寺山修司のサイン本などもって、駿河台下から上へ上へ、口を結んで上っていった。ぐんぐん、ぐんぐん、と上っていき、そして、鉄の柵か

らそれぞれの本を、一冊ずつ、「ねこだらけ」の店内に差し入れた。

それら本物の本は「ねこだらけ」にたまっていた獣の湿気を吸い、少しだけ膨らんだようにみえたが、本としての年季がそもそも違う。宮沢賢治の初版ひとつで牛十三頭がおきあがった。谷川俊太郎のデビュー作ですべての虫がブンブン飛びまわった。「ねこだらけ」はいまや生気に満ちていたが、それは本の生気だった。

いしいはぼんやり見ているうち、とても悲しく、とても腹が立っていることに気づいた。俺も昔、本書いてたんや。もう遠くに霞んでしまったかのような、本を書いている感覚が自分にあるだろうか、いしいは思った。カレーと中華で肥え太ったそのからだでも、本になにか自分ができることはないか。戯れる子熊、虎、牛、猿、馬らこうした本を見ながら、いしいは、ア、そうか、と思った。

ぴちぴちのシャツも、下着も脱いで、岩のごろごろした坂に横たわる。牛が最初に気づいた。いちばんかわいがっていた『アブサロム、アブサロム』が近づいてきて、左の耳たぶをパクリと食べた。『ボヴァリー夫人』は左の足首から下を食べた。『百年の孤独』は右目を食べた。『カラマーゾフの兄弟』たちは分担して内臓を食べた。そしていしいがそこにいなくなったとき、その場にあるのは神保町だけだった。動物たちの体内を神保町の栄養が駆けめぐった。

店主がいなくなったので「書肆ねこだらけ」は廃業になり、残った在庫、つまり動物たちは、神保町のそれぞれの書店が引きとることになった。その日佐野は家にかえり、風呂からあがってテレビをつけ、そしてあぐらをかいた膝に、黄色いぶちのある『吾輩は猫である』を乗せ、くすくすとあごをくすぐった。『吾輩は猫である』は目を細くしアーウと鳴いた。佐野は台所の方へ今晩のおかずは何ときいた。妻はこともなげに、今日忙しかったからカレーにしちゃった、といった。

東京・東京堂書店　二〇〇九年三月二十八日（土）
『四とそれ以上の国』刊行記念

第十五話　花

戌井昭人という男は、鉄割アルバトロスケットというパフォーマンス集団を率いているが、その名前の中には犬という字と人という字が含まれている。戌井昭人は、あれ、ここどこだろ、と思った。まわりは緑色でいやにグニグニしている。寝返りをうとうとしたが、何かが絡み付いていているのか動けない。ここマジでどこだろ、戌井昭人は思った。その時上の方で、

「おかーさん！　何か浮いてる」

という声が聞こえた。聖橋の上だった。ランドセルを買ってもらったばかりの少女が肩車された上から神田川の水面を指差していた。そこにうつむいた戌井昭人がいた。いわゆる土左衛門になっていたのである。

順天堂病院から救急車が来た。ロープが投げ込まれ、ボートに乗った制服の男が戌井昭人の両腕にロープをくぐらせ、上からクレーンで川から引き上げた。だんだん遠のいていく緑色の水面を見つめながら、戌井昭人は初めて、アーそうか、と思った。けれど死んでいるので声は出せない。

緑色の水面に桜の散った花びらが筋状に浮かび、小波（さざなみ）が起きるたび、まるで生き物の肌のように盛り上がったり下がったりする。俺は今、あの桜の水面よりよっぽど死んでるんだな、と戌井は口をぼがーと開け、水を全身から滴らせながら思った。

順天堂病院の検死室に入った。検死室で戌井昭人のまわりを囲んだ白い制服の人達は、みなせいぜい二十歳そこそこの医大生（留年）ばかりで、土左衛門の検死に、そうまともな医者の人数をさくわけにはいかない。と言って、別にふざけた学生ばかりというわけでもなく、例えば昔、近畿の大学の医学部で、検死の研修をしていた学生達が死体の耳を切り取り、ドアにくっつけて、記念写真を撮り、その裏に「壁に耳あり」と書いたことが問題になって退学騒動が起きた。戌井昭人はそれくらいのことはやってくれよなと思っていたのだけど、地味で真面目な冴えない医大生達はただ淡々と戌井の体をバラバラにしていく。だいたい百三十くらいの部位に切り分けられ、診断の結果が不明というのだから、戌井も呆れた。遺族は知らされなかったのか、来なかった。戌井昭人は近くのセレモニーホールで灰になった。だいたい三リットルくらいの分量である。昔から人が灰になるというと、色々なことをしたがる輩がいるもので、口にちょっと含んだり、額に付けてまじないにしたり、さらには絵の具に混ぜ込んで生前のその人の肖像画を描こうというガイキチな絵描きまでいる。

しかし、下平という画家の父はそれほどエキセントリックな人ではなかった。灰を土に混ぜて肥料にしたらどうなるんだろうか。下平の父は団子坂をあがった所の植木屋で肥料を買って来、土と混ぜ、そこに戌井昭人の灰をふりかけぐっちゃぐっちゃに混ぜた。戌井昭人は自分の体がどんどん薄くなっていく感じがしたが、意識はまだ大丈夫だ。父は夜中にこっそり湯島聖堂に忍び込んで坊主山にされた斜面の所に肥料を混ぜ、そして適当に植木屋で買った種を蒔いた。それから二百年が経った。

下平の父はもちろん下平も下平の妻もこの世にいない。しかし、湯島聖堂はまだ同じ場所にあって、坊主山だった斜面にはうっそうと高木が生え揃っている。一見普通の樹木だが、毎年四月一日頃になると、一斉に花が開き、しかもその花の形が戌井の顔である。しかも耳障りな戌井の声で、ケヘへ、あっしですよ、とか、何言ってんのよバカ、とか、神田川の向こうにまで響き渡る声で怒鳴り散らすのだ。花は、ほっかむりをした戌井の顔を想像してもらうと分かるが、初めは見て笑うものの、ずっとそれがそこにあるとムカッとくるというそんな花だ。

文京区という呼称は二百年後には変わっているが、その役所の人らとまだそこにある順天堂病院の偉いさんらが相談し、すべての木を切り、再び坊主山にすることになった。チェーンソーをあてると、戌井木はテンメーとかオイオイとかもはや人ではないような声をあげて威嚇するが、所詮木である。次々と切り倒され、神田明神の境内で火にくべられ、再び、ただの灰になった。分量は三トンに増えている。

三トンの灰をどうするか、また土に混ぜ込み、放っておくと、またもやうっとうしい戌井花を咲かせることにもなるだろう。そう予想した役人達は、日本地図を開いてみたら、瀬戸内海の直島という遊園地みたいな島のそばに犬島という島があるのを見つけ、ここで、コンクリートに混ぜて、島に張りつけてしまおうと思った。犬島！　と三トンもの灰になった意識の薄い戌井は思った。俺の名前は犬だけじゃなく、人という名詞も含まれているのに！

戌井昭人とは犬のいる昭和の人という意味かどうかは知らない。ともかく、東京湾から船に乗せられ、黒潮を逆向きに、和歌山、大阪湾、淡路島を抜けて瀬戸内海に入ろうとした時、甲板に置かれていた三トンもの灰の戌井昭人は、まるで風に吹かれたかのように宙に浮きあがり、否、本当にそこにだけ、三トンものものを持ち上げる強風が一瞬吹いたのかもしれないが、甲板にいた者たちにはそうは見えず、まるで灰自体意思を持って、犬島なんかに埋め込まれてたまるか、俺は逃げる、と決め、自らふわりと浮きあがったかのように見えた。そして中空に雲のように浮かび、船が進んでいくのと反対の海上へ流れた。

そこは鳴門の海だった。少しずつパラパラと海面へこぼれいく戌井の灰は、鳴門の海に渦巻く渦潮に流れ込み、一つの灰色の筋となって、螺旋模様を描いた。目が回るというようなものではなかった。全ての世界が渦となり、始めも終わりも中間もなくなる。自分の体の端がもう一方の端へ流れ込み、ぐるぐるぐるぐるとウロボロス状の無限の回転を続ける。ちょうど「戌井」が永遠に引きのばされていくように。いぬいぬいぬいぬいぬいぬいぬいぬいぬいぬい……。

しかし遠のいていく意識の中で、戌井昭人はごく小さな一点の光が頭上に輝いているのを見た気がした。それは戌井昭人がまだ無限に続くいぬいぬいぬいぬいではなくて「いぬいあきと」だということでもある。いぬいはその光る穴の方へ近づいて行った。そして、厚さのない筋のまま穴の中へ吸い込まれた。世界が反転し、全てが白い世界だった。

灰となった戌井昭人は、サヤサヤと音を立てながら、大地に降り落ちて行った。そこはモロッコの砂漠だった。ベルベル人の少女が口笛を甲高く吹き、茶色い子犬が尾を振り立てて駆けて行く。たったいま降り積もった戌井の上に、駆けて行く犬と少女の足跡が残った。

東京・トーキョーワンダーサイト本郷　二〇〇九年四月十一日(土)
「座布団レース」　共演 下平晃道・多田玲子

第十六話
滝

渡邊直樹は最近の世界情勢や自分の犬のことなど考え、なんとか打開したいものだな、と思うようになった。なにか変革が必要だ。大学で授業をしていても、学食でうどんをたべていても、昨日までの自分をどこかで繰り返しているにすぎない自分に気づく。何を変えようか、さしあたりお守りかな。渡邊直樹は鞄にイセジングウできれいな巫子さんから手渡しで買ったお守りをつけているが、もうそろそろ期限切れ、これを変えるのがいろんなことのはじまりになるのでは、と渡邊は思った。クマノのナチ大社がいいだろうと思った。イセもクマノも親しみのある場所だし、途中で京都、大阪、そして和歌山にも寄っていける。渡邊は最近京都に越したいしいという知り合いに電話をかけ、京都のバーに海水パンツで来てもらおうと思ったが、しかしいしいは五年前に結婚しており、妻はそのような真似を許す女ではない。ふつうに先斗町のバーで飲むことになり、渡邊はカウンターの端にすわった二人の芸子を左目の隅でチラッチラッとみた。

京都から大阪へはJR、それから南海電車で和歌山へ下る。南海の特急には若い海女が乗っていて、網いっぱいの蛤からヒタヒタと車内に雫を垂らしている。渡邊はやはり左目の隙間から、その若い蛤の女たちを、チラ、チラと、見るでもなく見ないでもなく、という表情でしっかり見た。

和歌山の田辺に着く。そこには南方熊楠という人の家が庭ごと残っており、渡邊はそこへ行くのは初めてだったが、門をくぐったとき、ブワッとなにか知っている巨大な手ですくわれ、家の縁側に据え置かれた気がした。家を管理しているのは、熊楠の妻の姪のたいへん美しい五十ほどの女性で、いま家の縁側の渡邊直樹が座っている場所の左隣に座り、団扇でゆっくりゆっくりと、渡邊の火照る頬をうち扇ぐ。渡邊は左目の奥に光が広がるのを感じ、その光と左隣の女の姿を重ねあわせながら、奥さん、といって左手で抱きつこうとした。しかし背中に巨大な楠の枝が引っかかってしまい、前へ倒れることができない。女は、ホホ、と笑った。渡邊は微笑しながら家を後にした。

ナチ大社までは海でなく山を通っていく。そこかしこにはためいているのは三本足のヤタガラスの旗で、頭上にも、ケエー、ケエー、と黒い鳥が飛びかっている。ナチ大社に近づくにつれ、渡邊直樹はなんという人の数だろうと、丸い目をいっそう丸くし、周囲の森をみつめた。筋状に伸びていく参道をぎっしりと、巡礼姿やふつうの会社員、老人たち、子どもまでが進み、どこからその列が発しているのかもはや見えないほどだ。頭上でケエーと黒い鳥が鳴く。

渡邊を含む人波は不意に開けた場所に出た。トートートー、と響く滝の水音。繁みを越した瞬間、目の前に現れたのは、空からきりもみをしておちてくる巨大な刀に似たナチの滝である。まわりには何千という人がいて、自分と同じようにナチの滝を見つめているのだけど、これらの人たち全員が何かを変えたい、そのきっかけ、始まりが欲しいと思っていることが、渡邊直樹の胸にはひしひしと沁みた。これだけの人が、お守りを交換するだけでそんな変化がおとずれるだろうか。そもそもお守りの数が足りない。渡邊は少し絶望的な気持ちでもう一度ナチの滝を見やり、ああ、あの滝を逆さに流すことができれば、それくらいの巨大な変化があれば、俺たちはもしかすると、と思った。

どのようにすれば、と思ったとき、やわらかく、左の耳たぶをなぶるように聞こえた声があった。

渡邊直樹は高い岩の上にあがり、周囲で立ちすくむ人間たちに、

「みなさん、ゴーレムやりましょう」

といった。みな、

「ハア？」

といった。渡邊直樹は根気よくゴーレムの説明をした。みな、本当にそんなことができるのだろうかという表情だが、

「でもここは熊野の森の中ですよ」

という渡邊の声に疑いはなかった。皆ゴーレムをやろうという気になった。

人間が数十人ずつ集まってかたまりになる。何十人かが頭、何百人かが胴体、何十人かが右、左の腕、脚、足首、足の指一本ずつ。ゴーレムとは人間が百人千人と集まって作るひとりの人間の形である。熊野のゴーレムは立ちあがると、ナチの滝のおよそ半分くらいの身の丈になった。渡邊直樹がいるのはもちろん左の目玉であ

る。

「もっと左もっと左、ちょい前、あーそこそこ」

渡邊のリードでゴーレムは滝の前に立ち、もうもうと足元からあがる飛沫を全身に浴びながら、ちょうど頭くらいのところのナチの滝の真ん中を両手でつかんだ。水なのではじめは少しあわあわしたが、ご神体になるだけの滝はただの水の流れではない。ゴーレムは何千何万という人の祈りをこめ、エイヤッとナチの滝を上下逆さに引っくりかえした。たしかに滝は逆流し、青い熊野の山の空に黄色い光をおびた噴水が放射状に広がり、緑の葉をさえざえと濡らした。

ゴーレムはホッとしてしまい、足元がおぼつかなくなった。気がついたときには滝に呑まれ、青い空に放りだされている。

空中でゴーレムは、ナチの滝が少し笑った気がした。黒い鳥が真上から落ちてきて、ゴーレムの左の目玉をついばんだ。渡邊直樹は何も見えなくなり、かわりに滝の水音がどんどん大きくなっていった。何万人がもうバラバラで、元通りの流れにもどったナチの滝壺にうかんでいたが、命に別状のあるものは誰ひとりいなかった。みなそれぞれ少しずつ体の部分を失っていた。しかしわずかでもそれはたしかな変化である。
その日から渡邊直樹の左目は義眼になった。電車の中で女性をチラッチラッ、とみるのに不自由はないが、ときどき学食でたべるうどんを、箸でうまくつまむことができない。

東京・大正大学　二〇〇九年五月十四日（木）
「ワークショップ（クリエイティブ）I」

第十七話
蔵

その蔵が炎に包まれて燃え落ちてしまってから三十年が経ったが、その痩せた女はいまだに毎日、その焼けた跡の土地へ通ってくる。一見、目がみえているのか、みえていないのか、まわりからはよくわからないが、足取りはたしかで、道に迷うということもない。浅草という町は、数十年前に、新しいタワーがすぐそばに建って以来みる間に変貌をとげ、銀色のビルディングや、エリア№6と名を変えた浅草六区に、東映、東宝、松竹それぞれの古い映画のみを上映する映画館ができたりして、非常な喧騒だが、その焼け跡にはまだなにも建っていなかった。民営化されて大繁盛の雷門郵便局の局員は、ときどきちらと顔をあげて、江戸通りの対面にある焼け跡にひとり立つ女の姿を眺める。

女は毎日やってきて何をしているのかというと、じょうろで水をまいている。黒黒とした材木や鈍く光るガラス、土壁やしっくい、漆の塗られた古い梁など、ところどころ覗くまっ黒な灰混じりの土の上に、見えているのかいないのかよくわからない目を渡らせ、ていねいに水をまいていく。少し頭を斜め加減にして、耳をすましている様子でもある。事実、女は、音がきこえないか探している、という心持ちである。

水をまきおえるとじょうろを土地の片隅に置き、江戸通り、雷門仲見世、浅草寺の境内を抜け、千束通りをとぼとぼひとり歩いて家に帰る。家といっても廃ビルの地下の箱のような場所で、女にしかわからない紙の束やなにかの破片の中央に女は座り、少し伸びをして横になり、足を曲げて、フーと息をつく。寝顔は少し笑っているようだが、もともとそういう顔でもある。

女のもとに訪ねてくる人は何人もいたが、女に話しかけたり触ったりというようなことはあまりなかった。みんな女が自分たちとは少しちがった生をいま生きているということが、長いつきあいのなかでわかっているのである。また、そういう人間たちだからこそ、女と長いつきあいをもってきたともいえる。大勢の人があの火災で死んだ。けれども女は、そうかしら、本当にそうなの、とあまり信用していない。事実、火事がおきて大きなニュースにもなったし、女は現実から目を逸らしているというわけでもなかった。けれども毎日毎日焼け跡の黒い土地に立ち、じょうろでしずかに水をまいていると、その水音のなかにかすかだけれども人のざわめきや遠い笑い、ものまねをするひょうきんな口調、そして古い楽器の弦の音など、たしかにきこえた、いまきこえたわ、と思う瞬間があった。けれどすべて流れ去ってしまう。女はまったくとんちゃくしなかった。流れ去ってもまた明日じょうろで水をまきにくればいいのだ。

ある日女が、いつもの焼け跡に来ると、中央になにか半透明のもやもやした小動物のようなものが浮かんでいて、それはちょうど蔵の建っていた正方形の土地の中心あたりである。半透明のものはかすかに顔を上にあげて、声にならない呼び声を上の方に向けて放っている。女はそのかたまりのうしろにたって同じく見あげた。女はしばらくそうしているうち、その半透明のかたまりがたいへん親しいものに思われてきた。それはひょっとして、その土地に、女が生まれるよりも前の百年、二百年、千年、といった昔から、ここに漂っているものかもしれない。またあるいは、女がそれまでまいてきたじょうろの水が、土地の表面に浮かびあがり、こうした形をとったものではないのか。女の耳に、ザーッ、と音が響いた。それはたしかに、ある空間に響いている音で、女はもう見えているのかいないのか自分でもわからない目を閉じて、胸の前で手を合わせ、その場にしゃがんだ。また音が響いた。

女はとても親しみのある空間にいま自分が立っているのに気づいた。ずっと前からそうだったのだ。壁は崩れ屋根は燃えあがり、すべてが灰になったと思いこんでいたけれど、それは壁、屋根、床という外側にすぎず、蔵という空間は、何十年も元のまま、ここにこうしてあるのだった。女は自分がいま蔵の空間に立ち、同時に二階の床にあいた窓から自分をみおろしている感じがした。ゆっくりと、土地に手をふれる。少しずつ頭を下げて頬をよせる。女はだんだん、自分が何かよくわからなくなってきたが、それでよかった。郵便局から見ていた局員が後でふりかえって同僚に語っている。あの頭がどうかなったばあさん、だんだん透明になっていったんだ。俺は見たんだ。焼け跡にしゃがんでだんだん体を曲げて、光の加減かなとも思ったんだが、急に透けた感じで、あれはもうばあさんでも女でもなかった。なにか空に浮かんでいる水たまりみたいだった。俺は目をそらしたかもしれない、何だかもったいないような気がしてさ。フッと目をむけたら誰もいないし、自転車でいってみたら、土地のその場だけじっとり濡れていたんだ。

局員は吾妻橋のたもとの屋外ビヤガーデンで真っ赤な顔をして同僚に語ったので、同僚たちは皆、こいつ酔っぱらってるな、と思った。女の姿はその日から浅草で見られなくなった。が、あの土地はやはり何もそこに建たないまま、その場にある。離れたところから見ると、何かその土地の上だけ銀色にきらきら輝いていて、なにか建っているようにも見えるのだけれど、近づいてみると奇妙なことに、その場にだけ上空から雨がふっているのである。垂直におちている雨のまっすぐな線がまぼろしの立方体をつくり、ゆれたり、光ったり、急にその場から消えたりもする。消えようが、その場は空間としてそこにあり、真夜中などほんとうに光の建物が建っているようにもみえる。

空地では、夜ごと小さなそこらの猫があつまってきて、たがいに身をよせあうような体の動きで、土地のまんなかでうごめいている。四十匹だったり四十三匹だったり四十五匹だったり、猫たちが入ると土地はもういっぱいだ。春の夜は、いっそう強まる雨足のなか、通りを行く人の耳に、ときどき楽器の音、馬の蹄、弓を射よ

うとするものの雄叫(おたけ)び、そして笑い声、そんなような音がワーッと響いてくること
があって、足をとめた人はみな、昔、この焼け跡に、いったい何があったんだろう、
という表情で雨音にききいる。

東京・浅草ギャラリーéf　二〇〇九年五月二十日(水)
「いしいしんじとその場琵琶」　共演　友吉鶴心

第十八話　ゴリラ

　山極寿一は世界で何人というくらいの霊長類の研究者で、若いころは、一年のうち半分以上アフリカのジャングルでゴリラとともに暮らしていた。今では京都の大学の仕事が忙しく、そうたっぷりとアフリカに行っているわけにはいかないが、それでもこま切れに、年に数ヶ月はコンゴやガボンのジャングルまでゴリラたちに会いにいく。

　ゴリラたちももちろん山極のことは分かる。それくらいの人だから京都の町にいてもゴリラのことが頭から完全には離れず、鴨川べりを歩いていてふと、ジャングルの葉のざわめきが耳に響き、橋の上で立ち止まるということがある。御池通を歩いていていてゴリラのハミングが聞こえてきたり、大学の教室で学生と話しこんでいる時に、ゴリラのブオブオという呟きが聞こえ、ついそれに返事をしたり。音だけではない、例えばバスに乗っているときに、ゴリラの群れの独特の毛の匂いが鼻をついたり、家で焼き魚を食べているときに、たいへん美味なアフリカのバナナや昆虫の味が舌によみがえったりする。

今日は朝に授業、それから大学の会議が夕方までに六個あった。四個目の会議が終わった時、同僚の教授に、

「山極先生、なんか目が飛んでましたよ、よっぽどもうアフリカに行きたいんですね」

山極は苦笑し、

「あ、そうだった?」

と言った。実は会議の間中アフリカの語り部の「ハディシ」がずっと耳の中で鳴っていたのである。こういったこと全て、山極は幻聴、あるいは幻覚という風に簡単に片付けることはせず、人間とか世界は、もっと普段思ってるのとは違う繋がり方をすることもあるのでは、と考えたりする。

例えば今、ゴリラが笑ったとして、その空気の波動がインド洋、東シナ海を越え、

かすかな風となって山極の耳をくすぐることもあるのではないか。そう思いながら、住んでいる家のそばの通りを入って行くと、もうそんな季節か、コンチキチン、コンチキチンと祭りの準備の音が聞こえて、山極の耳にはそれが勇ましいゴリラの胸のドラミングに聞こえるのである。

夏が終わる頃、ようやく大学の事務が片付き、まとまってガボンに行けることになった。パリ経由で飛行機を乗り換え、到着したのが真夜中、宿舎で休み、翌朝外に出ると、そこに広がっている濃い緑の葉が視界全てを埋めつくすというアフリカの森は、何百何千回その前に立ってきた山極でさえ、久しぶりに見る時は、腹の底から恐怖に近いうねりのような感情が湧いてくる。服を着替え、調査チームとジャングルの奥へ奥へ、一週間歩き続けても、誰とも行き合わないという森の道は、もちろん獣道ですらないような未舗装の道だけれど、現地の人間は躊躇(ちゅうちょ)せず、透明な筒がそこに延びているのが見えているかのように、ジャングルの中を素足ですたすたと進んでいくのだ。生息地のキャンプに着くか着かないかというところで、耳馴染みのある大きなハミングが森の向こうから響いてきた。ア、歓迎しとるな。山極は嬉しくなった。

一週間をキャンプで過ごしたある夜、暗闇のベッドに横たわり、カエルと虫の嵐のような鳴き声を窓から全身に浴びつつ目を閉じると、聞こえている音にだんだん変化が現れた。ビュオウビュオウと激しく風が何かを打つ音、機関銃のような雨粒、何かがきしみ倒れそうな音。山極は飛び起きた。外は晴れた夜空だった。しかし山極の耳には現に、メリメリと不気味な音を立ててコンクリートがひび割れる音や、知っている声が、そっちに行ったらあかん、と叫ぶ様子が、針の束のように突き刺さって取れない。

山極は呆然となって屋外に出た。そこに銀色に輝く、よく知った形の体があった。山極よりふた回り大きく、ほの白い輝きのせいで顔や表情はわからない。けれど頷くのは見えた。森を歩き出したので山極はついて行った。グングン、グングン、とジャングルの奥へ分け入った。こんなところに来るのは初めてだが、銀色の先導者のおかげで不安はない。それどころか裸足(はだし)の足には力が溜まり、一歩一歩が普段より速く前に出る。山極と銀色の体が重なり一つになると、山極は、生まれて以来こんな力が自分にあっただろうかという気になった。ジャングルの先に門が見えてくる。銀色の山極は門をくぐって道へ出た。そこは丸太町通だった。

夜空から豪雨が降っている。御所の樹々はほとんど折れ曲がり、自動車など一台もなく、看板やビールケースが通りに散らばっている。山極は寺町通を一歩一歩と歩いた。

御池通を曲がり、西へ進んで、堺町通を南へおりた。そこは馴染んだ場所だったがほとんど洪水だった。自動販売機が横倒しになり、無数のタイヤが浮いている。山極の家はギャラリーを併設した古い京町屋で、屋根瓦は全て吹き飛び、風が吹き付けるたび、壁ごと斜めにかしいで嫌な音を立てる。

オスは自分の群れを何としても守らなくてはならない。山極は銀色に光る手のひらを壁に付け、かしいでくるのを全力で支えた。嫌な音は止み、中から知っている人達の声が聞こえた。だんだんと雨も小降りになってきた時、それまでになく耳障りな音が響き、振り返るとコンクリートの電柱が根こそぎ折れてこちらへ降ってくるところだった。銀色の山極は身を躍らせて屋根と電柱の間に滑りこんだ。胸の奥で折れる音がしたが、全身に力を入れて電柱を持ちあげる。両腕で高々と差しあげたコンクリートの塊を御池通まで投げ飛ばし、山極は喉の底で吠えながら骨の三本折れた胸を激しく叩いた。夜の京都に勇壮なドラミングが響き渡った。

翌朝、ガボンのジャングルは晴れ渡っていた。山極は京都の家に電話をかけてみた。妻が出て、

「心配させないようにと思って電話しいひんかったけど、ゆうべ台風でものすごかってん」

妻がいった。

「ンー、そう」

と山極は言った。

妻は声をひそめ、

「ちょっと信じられへんかもしれないけど」

と前置きをし、銀色に輝くシルバーバックのゴリラが電柱を御池通りまで投げ飛ばした話をした。

「フーン」

山極は最後まで聞き、

「ハディシが語りそうな話やなあ」

といった。

第十八話　ゴリラ

京都・堺町画廊　二〇〇九年六月二十七日（土）
山極寿一「国際ゴリラ年記念対談」

第十九話

十一

市川孝典（こーすけ）は、住吉智恵から十一と書いてプラマイと読むスペースで個展を開くという話を聞き、とても嬉しかったが、ふと考え、

「ネー知恵さーん、俺ってー、智恵さんにとったらプラス？　それとも、マイナス？」

と聞いた。智恵は全く間を置かずに、

「エ、チャラ」

と言った。

「あんたさー、プラスだったりマイナスだったり、長い間に色々あって、結局チャラになんのよ」

もう白ワインを五杯飲んでいる。

「あんたさ、まだ個展も始まってないうちから、プラスとかマイナスとか言ってんじゃないの」

と言いながら智恵こそ一番プラスマイナス（売り上げ）を気にしている。が、表ぶりには出さない。そういう女なのだ。この日から孝典はアトリエで線香を摘み、創作する毎日が続いたが、プラスマイナスという考えがふとしたときに頭の中を巡っている。

女の子と会っていても、男と女だったら、まあ男が＋で女が－って形かな。あるいは、山手線に乗り、両方にまわって行く電車の列を見送りながら、あっちが＋、じゃーあっちが－か、などと、その場に立ったまま、三十分くらい考えていたりする。こうした話にはたいがい結論が出ないものだが、そういう結論のないことを頭に明滅させている時間が、孝典はわりと好きどころか、普段じゅうそんな状態で、だから線香を用いて絵を描くというようなこともできるのである。

横須賀の駅で電車から降りた日、もう個展が始まる三日前だったが、聞き覚えのあるメロディがポケットからファファファファァーと流れ、ア、と思って取り出すと智恵からの電話である。もう作品は全部十一に送ったはずだけど。孝典はボタンを押して、電話を耳にあてた。智恵が智恵らしくない砂を飲んだような声で、

「孝典」

と言った。一瞬気圧された孝典はしかし孝典らしく、

「エ、俺！　なに？」

と言った。

智恵の声が、

「あのさ、戌井君としんじ君死んだ」

と言った。

「エ」

孝典は言ったまま息をしばらく忘れていた。降りたばかりの電車に乗って東京へ向かう。

トラウマリスで会った智恵の話では、戌井としんじは十一の個展のために景気付けの余興を練習していた。それは、小人漫才という誰にも想像がつくようなもので、しかし戌井としんじなので、本当に小人になって漫才をしようというのだ。それは

ほぼ百六十%成功し、しんじは十三センチ、戌井にいたるや身長八センチというところまでコロボックルの秘伝により実現させていたのである。練習は戌井の家でしていた。そこに戌井の飼い猫のスカパンというものがニャーと帰ってき、漫才の練習をしている二人をなぶり殺しにしたのである。

飼い主たる戌井の思いはいかなるものだったろう。無念だったろうか。イヤ戌井のことだから……と残された皆話し合ったが、そんな二人でも通夜葬式は出さなくてはならない。戌井の家は大きくもなく、ガランとした場所といえば十一がそうなので、この二人らしく遺体を奥の庭のところに並べ、バカな音楽を鳴らしたり、世界中の踊りを踊れるオカマを呼んだり、そういう風に見送ろうという話になった。

個展初日である。孝典の心中は、孝典にしか分からない。酒盛りの騒ぎがフロアで続き、参列者が次から次とやってくるが、棺桶二人の前に膝をついて動かない孝典に気付くと、皆目配せをし合い、そしてそこを離れる。俺の一番好きな兄貴二人、と孝典はよく言っていたが、二人はもう漫才も替え歌も小説も作れなくなってしまった。孝典はただ悲嘆にくれているばかりではなかった。棺桶の前に立てられた長い線香を一本取ってしげしげとみつめる。空間にその火をツイとかざす。ツイ、ツイ、とかざしていく。空間の透明な空気が揺らぎ、ぐらりとまわり出したように見える。孝典は線香をさかさに持ち、自分の腹にツイ、と立ててみた。線香は抵抗なくスーと体に入り、そのまま孝典の胴体を貫いた。同じ線香を脇腹、肋骨、へその中心、ス、スーと線香の火は孝典の体を貫き、そこからかすかに焼ける肉の臭いがするが、すぐに収まり、黒く点のような穴、その向こうから、背後のフロアの明かりがこちらへと穴ごしに棒のように伸びる。

孝典はアー、そうか。と思った。絵はみんなこんな気持ちか。

躊躇せずに胸のあたりをものすごい速さで孝典の線香はつつき、無数の穴とその穴からもれる光とで孝典の胸の前は光る霧のようになっていく。

穴。

光。

闇。

音。

孝典は、戌井としんじと一緒に魚を食べつくした、三崎のまるいちという魚屋の食堂の像が、目の前に今、そこにあるように見えるのを感じた。あの宴会はいつも忘れたことはなく、だからだろう、孝典の胸の線香の穴はだんだんと三崎の宴会の風景を形作り、イサキにカレイやマグロ、カマスにメトイカなど、ひとつずつが魚そのものの輝きを放っていったが、それらの魚が戍井やしんじ、孝典の体に入り肉になったのである。

孝典は胸元を見つめ意外そうに目を剝いたが、やっぱり、という表情で笑った。頭上を見上げると、なにか光の橋みたいなものが、十と一の間をシャーッ、シャーッ、と走っている。戍井さん、しんじさん、行っては帰り、消えては戻り、そんな感じなのかなあ。孝典はぼんやり思いつつ横を見ると、戍井の飼い猫スカパンである。こちらをじっと見あげ、ニャーと鳴く。ああ、猫でも自分のしたことは分かるのかな。孝典は思って右手を出したが、猫の見ていたものは、孝典の顔でも二人の棺桶でもなかった。孝典の胸に今描きだされたばかりの、三崎の宴会の、あまりにリアルな風景だった。

猫はニャーと叫ぶやその生きのいい魚に飛びついた。孝典の胸はバリッと破れ、孝典の背中側に立ち降りた猫は、エ、という表情になったが、フッと、その表情を誰にも見られなかっただろうな、という猫っぽい様で尻尾を立てると庭の棺桶の上にうずくまった。ヘナヘナになった孝典の上半身はくにゃりとよじれ、孝典は、フフフ、と笑った。手元の線香が折れ、その細長い煙ががらんどうの胸の穴に入り、かすかに揺らいだ。

東京・青山ＰＬＳＭＩＳ　二〇〇九年六月三十日（火）

市川孝典展「ＶＩＮＴＡＧＥ ＢＲＯＷＮ」共演　鉄割アルバトロスケット

第二十話
ボタン

新元良一は京都に住んでもう二年ほどになる、大学の教師である。バスに乗って勤め先の上終町の大学まで通っているが、最後はパルテノン神殿のような階段を駆けのぼり、人間館という建物に飛び込む。昔は山だった所に建った豪奢な建物で、新元より三十歳は年下の男女が夏服を着て笑いさざめいている様を見るにつけ、新元は、仕事場としては良い所だなあと思う。エレベーターに乗りこむ時、日本人のようにエレベーターというのでなくて、口の中で elevator と言ってしまうのがいつもの癖で、どんなものを見てもついそんな発音だ。elevator の四階の教室で、教えることが多く elevator の button を押し込もうと指を伸ばす。

新元には、別に大切にしている button が一つある。それは随分昔の話だが、今もその光が目の前にゆれているという感じが新元良一はいつもしている。新元は以前ニューヨークというアメリカの街のマンハッタンと呼ばれる島で暮らしていた。新元が教えている学生たちと同い年の頃だ。当時の新元は目があいている時間ならばずっと、という感じで英語の小説を読んでいる日々を過ごしていた。次から次へ古本屋をめぐり、何か新しい作家はいないか、読んだこともないstoryはないか、大きな目をさらに黒々と光らせて、ページをめくった。

アパートの一階にBonnie Eliotという女性が遊びに来ていると聞き、またその女性も無類の小説好きと聞いて、新元はアポイントもなしにその部屋のパーティを訪ねた。Bonnieと新元は最初からうまが合った。目が潰れるくらい小説を読んできた同士ならば、犬と犬が暗闇で出会ったように匂いでわかるのだ。二人は夜通し小説の話をし、そして明け方Bonnieは世界一のstory collectorの話をした。その老人はニューイングランドのMarbleheadという港町に住んでいるらしく、新元もその高級リゾートの名前くらいは知っていたが、そもそもstoryをcollectするというのはどうゆう意味だ！　What does it mean? とBonnieに聞くと、BonnieはニヤニヤSmile笑って、

「行けばわかるわよ」

と言った。

新元はその朝の高速バスでボストンまで向かい、そこからヒッチハイクでMarbleheadに夕方辿りついた。もう日暮れで、オレンジ色の海に灯りをともしたヨットが、さあ今からパーティだっと言わんばかりにビンやグラスをデッキできらきら光らせている。新元はうろうろと歩き、Bonnieから渡された紙の住所を探そうとしたが、探すまでもなく港の一番中心地の角に看板が出ていた。『Jerry's antique button shop』。アンティークボタン？　それがなんで、と訝しみつつ、木の船具のような階段を上って中に入ると、奥から野球中継の音が聞こえ、なにか悪態をつく声が聞こえる。新元は目の前の、部屋の隅から隅までぎっしり置かれた箱に近づいた。箱にはさらにぎっしりビニールのzipのついた袋が整然と並び、よく見ると、中は全てアンティークボタンである。真鍮、螺鈿細工、ガラス、七宝焼き。buttonというのはこんなに種々様々なものだったか。新元は袋をつまみつまみ見ていたが、ふと、一枚を裏返すと、次のような文面が英語でtypeされていた。

このbuttonは一九〇二年、米西戦争の激戦地で茶色の犬に拾われた兵士の血染めの軍服についていた第二buttonである。兵士はスペイン人で中尉だった。享年二十一。

新元は驚き、buttonの袋を次から次へと裏返し、そこにtypeされた短いstoryを目で追った。それぞれのbuttonが全て違う人間の違う服から取られ、そして今この場所に集まっている。何個のボタンがあるだろう。その疑問に答えるように、袋には手書きの字で番号がふられていた。新元の手の袋は、五一二五六番。その次のは五一二五七番。ここには、五万以上のstoryがcollectされているのか。新元は夕暮れの光の中で、めまいがしそうになった。よろよろとなり、壁に手をつこうとすると、ギィと音がして、そこは木戸だった。電灯がつき、タイプライターにはさまれた紙を照らし出していた。何か新しいbuttonのstoryを書こうとしているようで、ごく短い文面が途中までのようにtypeされている。タイプライターの前には、ただ、光だけが集まった感じの白い小さなbuttonがあった。新元は、しゃがみこみ、タイプライターの紙を読んでみた。

The button of a new born baby who will be named K.

新元は驚き、それは自分の中から出てきたというより、はるか前の方から飛んできて、自分に行きあたったという種類の驚きだった。新元はこのstoryを買おうと思った。持っているありったけの金をそこに置き、店を出ようとしたが、何かが、まだ、という思いがし、なぜだかわからないが、裸足になった。裸足のまま無一文の新元は歩いてニューヨークへ帰った。帰るまでに八ヶ月かかった。

新元は授業が終わると、エレベーターに乗り、1のbuttonを押して、下へ降りる。パルテノン神殿の階段を全力で駆けおりて、丸太町通をまっすぐ西へ走るバスに乗る。

御所の近くのマンションに新元は今妻と、そして五月に生まれたばかりの男の赤ん坊と住んでいる。赤ん坊のおくるみの胸元に輝くのは、世界一のstory collector、Jerryから買ったあのボタンで、妻にも親戚にもそのボタンは目に見えないらしい。新元には見える。赤ん坊にも見えているか、それははっきりとはわからない。

新元が顔を近づけると、初めて海や山を見た人のようにまっさらな顔で笑い声をあげる。のどにひっかかるので、普通赤ん坊のそばにはbuttonは置かないけれど、この赤ん坊の胸のbuttonは、全然違うらしく、嬉しそうに指でそのあたりをつまみ、口へ入れ、それでもまだ胸元にあるのをまた口に入れる。新元はそれをじっと見おろしているのだが、光るstoryのbuttonを赤ん坊が口にいれるたび、「慶」という名のその息子が少しずつ、少しずつ大きくなっていくように見える。

京都・京都造形芸術大学　二〇〇九年七月三日（金）
「クリエイティブライティングコース　特別講義」

第二十一話
小説

いしいしんじは京都の四条烏丸の交差点を渡りながら、今日は「生（なま）小説」の日だな、と思いだした。生、つまり生きる小説があるとするなら、死ぬと書いて「死小説」というのもあるかもしれない。けれどもただの言葉遊びだろうか。

オーイ、頭上から声がした。エ、と見あげると赤茶色い、細長いものだった。それは鉄骨だった。八月八日午後六時二十分、いしいしんじは京都で死んだ。死んだといっても小説のなかのいしいの話で、現実のいしいは交差点を渡ってｓｈｉｎ-ｂｉの建物に入っていく。エレベーターのボタンを押し、戸が開いたので三階にいこうとすると全然動かない。なんやこれ、壊れてんのんか、と毒づいたら、隣の外人が、これオフィス用ですよ、といった。しんじは、ア、そうですか、といってエレベーターをさがした。なんとかみつかったので三階まであがる途中、エレベーター の箱全体から嫌な音がして、アッ、と思ったときは無重力。落下したエレベーターの中でいしいしんじは死んでしまった。

現実のいしいはエスカレーターで三階まであがった。ｓｈｉｎ‐ｂｉの本屋をのぞくとレジの人が忙しそうなので声をかけるのは悪い、なんとなく棚を見ていると、探していた大竹伸朗の珍しいハードカバーがあり、あった、と思ってレジをみると空いている。本をとって、レジに向かう。二千八百円になります。レジの女性がいうのでポケットに手をつっこみ、紙幣を出したつもりがレシートである。もう一枚、これもレシート。金と思ってレシートばかり持ってきてしまった。いしいは、クワー、と頭をかきむしり泡を吹いた。六時四十五分、いしいしんじはｓｈｉｎ‐ｂｉで死んだ。

現実、といってももうどこが境だかわからなくなった状態のしんじは、本屋を出てフロアを一周し会場へ入った。馬蹄形にならべられた椅子の開口部のところに机が九十度角で右向きにおかれている。お客さんからみたら左向きになるな、そんなことを思いつつしんじは、いま死なないように、いま死なないように、と念じながら慎重に足を運び、排気ダクトとか落ちてきていひんやろな、と思いつつ、ようやく部屋のまんなかへ来た。小説を書くということをここでやるのだが、クーラーの非常にきいたこの部屋で文字をかくのは新鮮だ、と思った。

いしいの京都の家、松本で住んでいた家、三崎の家、どこにもクーラーはついておらず、あるのはうちわと扇風機だけだ。扇風機の風を背中から浴びながらしんじは、満州にいる、という小説を、京都の家で書きつづけている。八月八日はたいへん蒸し暑い日で、満州の夏もこんな感じだろうかと、しんじは思った。満州の小説は、しんじが小六の時、伯母にプレゼントしてもらったカメラのレンズに閉じこもり、そのまま一九三五年の満州に運ばれていく、という一種のタイムスリップ光学小説だが、しんじはまだ、この小説のなかで、カメラが壊されなかのしんじが空間と時間に消えてしまうという結末のことを知らない。小説のなかでしんじはいつか本当に死ぬのである。小説のなかの死はしかし現実とちがい、何度もページを開くたび繰りかえされるという死である。現実の死は一回きり、と誰でも思っているが、たしかにそうだと断言できる人はまだいない。死小説の死とは、小説のなかで繰りかえし生き、繰りかえし死に、というループなのかもしれない。

しんじは書きながら感じていた。自分がいま宇宙にふれていることに。ビル、地面、京都という地名、そのようなものを一旦なくし、星までも考えにいれないとするなら、いましんじもshinbiに集っている人らも、宇宙空間と彼ら彼女らをへだてているのはそれぞれの皮膚ただ一枚だ。小説を書いているときしんじは、その皮膚に扇風機の風をうけて前へ前へ帆船のように進んでいくイメージだが、shinbiでいまやっている時は少しちがった。しんじは書きながら、少しずつ少しずつ、空間ごと空に上昇していきつつあった。それは建物ごとでなく、小説を一体に感じているその空間が、宇宙へ宇宙へと舞い上がっていくのだった。

高度一万、二万、三万、成層圏を越えると急に温度が下がり、しかし小説の寒さだからTシャツで大丈夫だ。しんじたちは月のあたりまで来ると振りかえり、思い思いの地球をみつめた。それは人数分ちがう色形、模様をしていた。それぞれの住んでいる天体はそれぞれに違う。

サア、みな目を配りあい、こんどは少しずつ速度を上げながら、地球へ、地球へ、それぞれの住みくらす天体へと降下していった。途中で透明な蜘蛛の糸のようなものが顔や手に絡んだが、何か命に関係のあるものだったかもしれない。

しんじの文字が京都と書かれるとそこで京都という場所がほんのちょっぴり変わる。ｓｈｉｎ－ｂｉと書いてもそうだし、四条烏丸と書いても、書かれる前のその場所と書かれたあとではもう同じでない。ｓｈｉｎ－ｂｉのスタジオに集っている人々は、自分たちを含めた小説がだんだんと終わりつつあるのを目のあたりにしている。小説の終わりとはなんだろう。それは小説にとって死なのか、それとも新たな蜘蛛の糸がつながっていて目に見えないだけなのか。

こうしていしいしんじの小説は終わり、ｓｈｉｎ－ｂｉのスタッフの人達が椅子や机、ターンテーブルなどを片づけはじめる。いしいしんじは右向きに座ったまま動かない。客たちからみて左向きだ。ｓｈｉｎ－ｂｉのスタッフが明かりを消し、真っ暗になったスタジオにいしいしんじは座りつづけている。いしいは死んだのか生きているのか、いしいしんじにもわからないでいる。

京都・ｓｈｉｎ－ｂｉ　二〇〇九年八月七日（金）

「いしいしんじ小説ワークショップ　ことばの使い方17　生小説」

第二十二話

岩

湯浅学は、玄関先にいつものように届いているネットオークションのレコードの包みを見て、昼飯の後で開けてみようと思った。昼飯は、三浦の魚屋まるいちから届いたメトイカ刺しと小アジの干物だった。

飯の後開けてみると、ドイツ版ＬＰ、何枚かのＳＰ盤に混じって、買った覚えのないＬＰが一枚入っている。ジャケットには何もなく、レーベルも白紙で、ただ英語でTHE ROCKと書かれてある。なんだこりゃ、と湯浅は思った。いろいろかけてみた後、THE ROCKだけが残り、まあなあ、と思い、プレーヤーに乗せてみて湯浅は驚いた。ものすごいギターの音である。しかも、そのギターの弦の震えが、今までで一番好きだった女の体の曲線に似てる気がして、湯浅はどうしてもこのギターが欲しいと思った。

しかし、聞いたことのないギターの音色だ。こういうときは、と思い、湯浅と同じくらい真面目にギターに取りくんでいる山本精一という男にレコードを持っていって聞かせてみた。

「あー、知ってる知ってる」

山本は答えた。

「THE ROCK、けっこうええ音出してるやんなぁ。そうゆうたら、大友も'THE ROCK'THE ROCKって騒いでて、こないだ、やっと見つけた！　って電話あったで」

「へえー、見つけたんだ」

湯浅は、レコード盤をしまいながら言った。

「どこで？」

「ああ、おれ知らんけど。大友に直に聞いてみたらええんちゃう」

「え、いまどこいんの？」

「たしか今日は、築地の本願寺に行ってるらしいけど」

「本願寺かあ」

湯浅はレコードを持って築地にでかけた。本願寺といえば勝新太郎の巨大なパネルを思い出す。地下鉄の築地の駅で降りて本願寺の階段をあがると、いつもの大友のような、気持ち良くも悪くもある感じの音楽が聞こえてきたけれど、それはすぐに止み、寺の裏手にまわってみると、見たこともない広さで東京湾の方まで松林が広がっている。なんとなくそちらの方から、音楽といえば音楽かもしれない物音が響いてくる。

湯浅は歩きだした。森の木漏れ日の中からちらちら電子音やホワイトノイズが沁みだしてくるような感じがする。どれだけ歩いたろうか。河原みたいに石がごろごろ転がっている場所に出、小川のむこうに人がいて、よく見ると上半身裸の大友良英である。大友は、普通人間がこれを、というくらいの巨大な岩を両腕で抱えて全身汗みずくだが、顔はにこにことしてやたら嬉しそうだ。湯浅に気づくと、

「ああ、来たんだ！」

と大友は笑い、じゃぶじゃぶ川からあがった。湯浅も岩に駆け寄り、手を差し出して並んで支えた。

「THE ROCKって岩か！」

湯浅は愕然としたが、まあ仕様がない。河原をよたよた二人で歩いていく先に広場が見えてきた。

それは奇妙な広場で、エレキギターが十何本も扇形に並べてあり、広場の両端には、巨大な真空管アンプが見上げるほど積まれている。大友は、

「こっちこっち！」

といって湯浅と一緒に広場の中央に岩を据えた。アンプの横へ湯浅を連れて行き、

「いくよ！」

と言って電源のスイッチをいれた。その瞬間広場が黄色く光り、置いてあったエレキギターが震えだし、次々と勝手に岩に飛びついていくや、弦とピックアップをネックが折れんばかりにぎゅわぎゅわ岩にこすりつけ、全てのアンプから、あーん！あーん！あーん！と洪水のようなギターの波が溢れ出し、小川は奔流になった。ピックアップから煙が上がりはじめ、一つ、二つと火をあげはじめたところで大友は電源を切った。二人でまた岩を抱え川を少しのぼったところの森の陰に隠した。

「こうするとTHE ROCKは力を溜めるんだ」

と大友は笑った。

それから毎日毎日、湯浅は大友と二人で重い岩石を森から広場へ運んだ。エレキギターが悶え喜び折れんばかりに身を捩るのを見ていて、湯浅は急に我慢ができなくなった。声を限りに叫びながら岩にすがりつき、体をこする。はじめ岩は堅かった。しかしはじめだけのことで、岩と体がなじみはじめると冷たかったのが温かくなり、ふいに湯浅は岩の中に入っていた。それは思った以上に柔らかく自由な空間で、中心かと思うとはずれていて、光ったかと思うと真っ暗闇、宙に浮いているかと感じた瞬間、生乾きの溶岩の中に自分も溶けているという感じなのだ。これが岩の中か。湯浅は絶叫しながら全身岩になっていると思った。見回すと、岩のまわりで森のうさぎやリスや雉、狼に、みたこともない変な鳥まで絶叫して、岩に身をこすりつけている。

湯浅は岩に沈みこみ、岩から身を起こした。大友の絶叫がまだ続いている。ふと左の掌をひらくと、岩のかけらだろうか、薄い切片がぽつん、と残っている。その晩、河原で野宿しながら湯浅はその石を掌に置き、見つめたまま指を開いたり閉じたりした。日がのぼったとき、湯浅は岩を抱えあげようとする大友に、

「大友、おれ、もう行くわ」

といった。

「おまえ、どうする」

「うーん、おれもうちょっとここにいます」

大友はそう言って、ウン、と岩を抱え、河原をくだっていった。片手を振っているので湯浅も振りかえし、森を通り抜けてまた本願寺に出、地下鉄を乗り継いで家に帰った。

家に置いてある気に入ったギターをアンプにつなぎ、電源を入れて、そして岩の破片はちょうどピックの形で、弦が吸いついてくるといった感触で自然に電気音が流れた。THE ROCKの音である。湯浅は目を閉じて、

「ああ、いいわあ」

とつぶやいた。その余韻のなかに、森の動物たちの叫び声、岩にとりついて歌っている大友の声を、湯浅の耳は聞きとった。もしかすると、この世でもう大友と会うことはないかもしれない。湯浅は少し考え、もう一度ギターを抱えなおして石のピックをふりおろす。たとえ会えなくても、この岩の音はいつでも聞こえてくるか

ら。そこに大友が生きてるっていうことだ。

「お父さん、ごはん」

二番目の娘が呼びにくる。湯浅はギターを置いて、食堂に行く。そして、三崎のまるいちから届いた茹でたてのタコをかじり、

「なにこれ、ほんとにタコかよ」

といって、娘ふたりに笑う。

東京・吉祥寺バウスシアター　二〇〇九年八月二十二日(土)
「真夜中の湾際」　共演　湯浅湾・大友良英

第二十三話　半

湯浅学と松村正人はふだん四人組のバンド「湯浅湾」を組んでいるメンバーだが、たまに湯浅と松村だけで、つまり二人でバンド活動を行うときがある。その時は「湯浅湾（半）」という名で活動している。今日はヨーロッパのプロモーターに呼ばれ、オランダはアムステルダムのスキポール空港に二人で到着した。

俺ァ、ジョンの方がスキだけど、ゲートをくぐりながら湯浅は思った。町中を歩きながら松村は、ウワーアムスだマンモス！　ともうやられ口調になっているが、まだ何もキメてはいない。

飾り窓地区のカフェでプロモーターと待ち合わせ。太った外人の爺さんは右腕と右膝より下がない。

「うちの屋敷にもう客は集めてあるピー」

プロモーターは何かキメまくっている顔で、机にどんとユーロの札束を置き、湯浅と松村は顔をみあわせた。タクシーで大邸宅へ。玄関を過ぎてホールを出たところに庭があり、倉庫のような建物の入り口からもう歓声が漏れ聞こえてくる。湯浅と松村は裏口からそのままステージへあがり、湯のような客席をみおろして、ア！ア！と思った。立ちんぼのままそこを埋め尽くしているのは、耳が一つだけ、あるいは隻腕、頭が右半分こそげ取られた男、もっとひどいのは体がもう唐竹割りで右半身、あるいは左半身だけでユーラユーラやじろべえのように立っている。湯浅と松村を見上げ、全員、割れんばかりの拍手ができるものは両手を鳴らし、できない者は片足でピョンピョンとびはねた。

湯浅はギターをかきならしつつ、アー、そうか、と思った。みんな半分なんだ。

一曲目は「猿に似たおばさん」というメジャーな曲。

松村と目配せしあい、湯浅は曲をちょうど半分のところでぶった切った。

沸騰するガソリンのような歓声。二曲目は昭和ノスタルジーに満ちた曲「シェー」。これも半分でぶった切ったら興奮した客が半分同士だったのがひとつにくっつきあったり離れたりしている。演奏をやめて湯浅はマイクを握り聞いてみた。

「んじゃー、みんな飼ってる猫やインコなんかも半分の体なわけ？」

最前列のおっさんが拳をふりまわし、

「何をいっとる！失礼な！　そんなんでは死んでしまうじゃないか‼」

湯浅はこいつらおもしれーと思った。代表曲でもある「ミミズ」を演奏しはじめた。それはどんどん長くなる歌だった。だから半分がどこかわからず、延々一時間二時間演奏すればするだけ、半分だけの体の聴衆は燃え上がり、

「アーこの人らこーゆーのもＯＫか」

湯浅が思ったそのときアンプから火が噴きだし、壁のカーテンに燃え移った。

湯浅と松村は「ミミズ」を弾きながらも、ヤバイヤバイ早く逃げないと、と口パクでいうのだが、誰ひとりそこを動こうとしない。火はすぐ四方と天井まで噴きあがり、煙と炎でなんも見えなくなる。

湯浅はマイクで、

「あんたらなんで逃げないんだよー！」

息絶え絶えに叫ぶと誰かが煙の向こうからこう返した。

「だって俺たち外にもう半分いるからさー」

あ、そーいうやり方もあるんだ、湯浅は意識を失いながら思ったけれど、ギターを弾く腕の力を半分にしようとは思わなかったし、松村のベースもそうだった。

二人のミュージシャンは遠いアムステルダムの屋敷で全身炎につつまれ焼け死んだ。焼け跡の穴からチョロチョロと体半分のカエルが現れ、喉をふるわせて鎮魂の歌をうたった。しかしその焼け跡で一番目立っていたのは、太さ三センチはある大ミミズだった。全長何メートルか、というのはちょっとわからない。

というのもそのミミズは頭と尻がループ状に繋がってグルグルグルグル回っていたからだ。アムステルダムの保健所の人らも腕利きの肉屋も刃物を前にその動物のすぐ後ろに立ったたまま、あまりの不気味さ、あるいは一種巨大な山のようななにかが動くのを見ているような顔で、ナイフも包丁も振りおろすことが出来ないまま、延々回るミミズを見ていた。

京都・ｓｈｉｎ-ｂｉの窓ガラス　二〇〇九年九月五日（土）
「湯浅湾（半）といしいしんじとかえるさん」　共演　湯浅湾（半）

第二十四話
崖

山下賢二は友人の不動産屋に、チョーいい物件あるんだけど買わない、といわれた。土地つき一軒家で三十万円。ちょうど、ライブハウスのギャラがでた時だったので、山下は買うことにした。

友人に言われた住所に行ってみて、呆然となった。山下の買った家はプレハブで確かに一戸建てではあったけれど、ものすごい崖の下だった。けれど山下は生来イージーな性格なので、まっ、ええか、といって住みはじめた。毎晩寝ていると、屋根をコツコツ、崖を転がり落ちてくる小石が叩く音がする。ガシャッ、ドスッ、と小石ではない音も。ひどく空気の澄んだ晩、普段とはさらに違った音が、午前三時ごろ、屋根の上で響き、山下はなんだろうと薄目を開けたが寝てしまった。

八時目覚ましで起床し、家のまわりを歩いてみると本が十冊落ちていた。妙なもんが落ちてくる崖やなあ。そうして本の音が鳴り響く夜がしばらくつづいたある夜中に、ドスッと重たげな音がし、広辞苑かそれとも、大竹伸朗全景カタログか、と思って真っ暗な中表に出てみると、それは本でなかった、一人の女だった、山下は目を凝らし、すぐに逸らしたがそれは全裸だったからである。

家から毛布を取ってきて、女をくるみ家の中に連れて入る。山下は目を逸らそうとしたが全く無理だった。飛び切りというほどではないにせよ、山下のストライクゾーンど真ん中の好みの女だった。しかもショートヘアである。

「おはよう」

山下が目覚めると女は崖の下で飯盒炊爨をしていた。そういうところも山下好みである。おまけに炊きあがったコゲつきの飯はとんでもなくうまい。

「うまいなあ」

力をこめて振り返る山下に、女は笑いかけた。

「名前はなんていうの」

「チ・バ」

女は言った。三日経つくらいで山下は女のことをチバちゃん、と呼ぶようになった。一週間経ってようやく山下と千葉は体を重ねたが、山下はそのへん礼儀正しい。枕に敷き布団、シーツは新品を買った。山下が千葉の中に入ると、ふと耳の中というより全身に鳴り響く声のようなうねりが起こった。山下が動くたびその波も向こうから襲いかかる。そして山下の全身を言葉にならない言葉で満たしていくのだ。二人が同時に達したあと、山下はゼーゼー言いながら、

「ナァ千葉ちゃん、ひょっとして、君も本なんか」

「エッ、いうてへんかったっけ」

それから毎晩、山下は千葉を抱きすくめ、全身波打たせながら千葉を読んだ。むさぼり読む、といういいかた以上の読みで山下は千葉にのめりこんだ。千葉もしなやかな全身をのけぞらせ、すべてを山下の目の前にさらし、山下の体を声のかぎり響かせた。三ヶ月が経とうというとき、千葉の体の色が少し変わったように山下の目には見えた。それだけでない。しなやかだった手足がわずかに縮み、透けるようという感じだった肌が、光を受け、ほんとうに透けてきた。

「千葉ちゃん」

山下は今体の下でまた起こりつつあることを察知しながら畏れを込めていった。

「そうや」

千葉はやわらかく笑って山下を見あげた。

「もうウチを、アンタ読み終わるんやで、ウチは本や、読み終われへん本はこの世にないねん」

山下は一生懸命読んで体を動かした、それが山下が千葉を読みつづけるただ一つの方法と思ったからだ。千葉はほほえみ、

「ちがうねん山下くん、もう終わりやねん」

そう言って目を閉じた。同じに千葉の体も心も閉じた。山下の大切な本がこうして閉じられてしまった。山下は目の前のぼろぼろに千切れた紙の束を持ち上げ、泣き声をあげようとしたが、その震えのせいか紙の束は粉になってこの世から消えた。

それからも一冊、また一冊と崖の上から本は降りつづけた、山下ははじめ、飲まず食わずで、寝られずにいた。放っておいたが、千葉の最後の「ちがうねん」「ちがうねん」の言葉が本の音の間に聞こえた気がした。

家のまわりを回って拾い集めた。板を拾ってきて、これまで降ってきたものを並

べてみると、なんだか好ましい感じにもなった。気まぐれに手に取り、何冊かひらいてみると、千葉のようなぴったりの一冊はいなかったが、遠い友人、町内の知りあい、千葉の物真似かというような本もあって、山下は久しぶりに笑ったり、寝そべって文字を追いかけたりした。

ある平日の夕方、プレハブ小屋の戸板を叩くものがあって、外に出てみると、小柄な女である。

「どうしました」

ときくと、

「アノ……ここにいったら、おもしろい本教えてもらえるって聞いて……」

「エ、誰に？」

「名前知らないんですけど、ショートヘアの綺麗な女の人」

山下は立ちつくしていたが、自然とうなずいていた。女は早足で家に入り、また表に出てくると、

「これ探してた本。おおきに有難う」

そういって五百円玉を山下ににぎらせた。小柄な女は、体にはにあわない速さで

ダッシュして、町の方へ走り去った。バサバサまた音がして本が山下の家の屋根で跳ねる。一冊、また一冊、本が鳩のように広がって落ちてくる。崖を見あげながら山下は、ここで本屋をひらくのもいいな、と思った。

京都・ガケ書房の窓ガラス　二〇〇九年十一月二十三日（月）

「湾夜港路」　共演　湯浅湾

第二十五話
父

そうして映画が終わった後、男はしばらく席を立てなかった。その二時間ある映画をみるのはこれが四回目で、それで感動のあまり、というのではなくて、足を組んだまま後半ずっと見ていて、痺れてしまったのである。

薄暗い館内でしばらくぼーっとしていた。すると前方の真っ白いスクリーンにちらちら揺れている光がある。なんだろう、男はおずおず立ち上がると、痺れはもう消えていて、男が二歩三歩と近づいていくにつれ、光の形がはっきりしだす。

それは真四角の穴だった。光が穴を開けているのか、それとも穴から光がでているのか、男はわからなかったけれども、薄闇に誘われるかのように映画館の舞台に上がってみた。光はくっきりと目の前にある。男は光の中にゆっくりと頭を差し入れ、水泳の飛び込みのように体を預けた。本当に泳いでいるような感触で、四本の手足をゆったりと動かすうちに、周囲の景色が見えてきた。

そこは空の上で、男は透明な一枚の膜のようなものになって、空間を風に乗ってはためきながら、移動しているのだった。眼下には大きな河、広い土手。土手には枯れた芝生が植わっているから、季節は冬だろうか。土手の道をまっすぐに進んでくる二つの影がある。

透明な膜になった男は、ひらひらと高度を落としていった。川幅は広く、木の船が上下し、よくよく見ると枯れた芝生と思っていたのは、枯れていたわけでなく、白黒になっているのだった。道をまっすぐに、前のめりに転がるように走ってくる人影のひとりは、着物を尻にはしょった男性で、男は少し驚いたが、それはたった今、自分が見ていた映画の主演俳優だった。隣を走ってくるのは、年の頃十歳くらいの少年で、汗まみれで、ほとんど泣きべそをかいている。俳優は時々少年を振りかえり、叱ったり、笑ったり、勇気づけたりしているらしい。

男は少し高度をあげてみて、ぎょっとした。俳優と少年がダッシュしている道のはるか後方から、ペチャペチャ不愉快な音をたてながら、みたこともないような赤黒い巨大なかたまりが、二人を追いかけてくるのだ。そのペチャペチャは、男はあまりくわしくは知らなかったが、野卑なロシア語の男の声のようにきこえ、中国女の嘲りや、ハングルの怒号のまじった音のように耳に響いた。それだけでなく、戦車の無限軌道の音や、列車から人が線路へこぼれ落ちる悲鳴、赤子の泣き声なども被さっているようだった。赤黒いかたまりは土のようでも、アメーバのようでもあった。なにに似ている、と問われたら、人間をうらがえしにしたもの、と男は答えたかもしれない。

俳優は少年の手を摑み、土手から集落のほうへ身を翻した。路地という路地を知り尽くしているように走り、通行人の背を利用して、逃げに逃げる。人々に赤黒いかたまりは見えていないようで、どうしてあの二人だけが、と透明な男は思ったが、生まれとか、土地とか、そういうことなのかもしれない。赤黒いかたまりは、何十個にも分かれて路地を探す。俳優は用水入れの陰で少年を胸に抱きすくめてやりすごす。不安に怯える少年の顔を覗きこみ、ゴリラの物真似、知っている俳優の口真似などして必死で笑わせようとしている。

俳優はじっと耳をすまし、軽くうなずくと、雑踏に出た。手ぬぐいでほっかむりし、少年をおぶって歩き出す。神社の境内まできたところで、ホッとしたのか、少年が笑い声をたてて、俳優の耳をひっぱった瞬間、鳥居の上からかたまりがふってくる。俳優はへっぴりごしで、落ちていた枝を拾い応戦するけれど、かたまりは小枝など呑みこんで、バラバラにして吐きすてる。俳優は半泣きになって、しかし、後ずさりせず、赤黒いかたまりにズブリと手をつっこんだ。腰をふんばっても全然動かない。男は上空からどうすることもできなかった。

そのとき、社(やしろ)の裏からロバがあらわれた。犬と猿もあらわれた。そして、赤黒いかたまりの横に立つと、申し訳なさそうに頭を垂れ、ロバ、犬、猿、の順で赤黒いかたまりの中へ、めりめりと入っていった。動物たちが中に吸いこまれるたびに塊は小さくなり、犬の尾、そして猿の後ろ脚が入りこんだ瞬間、ほこりくらいの小さな粒となって、折からの風に吹きとばされて消えた。

少年は尻もちをついたままの俳優に駆けよった。俳優は苦笑し、リアリジュムは痛いなあ、といった。二人手をつないで元の川土手へ行く。白黒の風景はあいかわらずだけれども、空から陽が差しているのは明るさでわかる。橋のところに若い着物の女性がいた。目が大きく、くちびるがちゅっととんがって、愛嬌そのものといった顔つきだが、横顔は心配そうに俯いている。俳優が声をかける。女性はふりむいて、パッと明るくなる。少年はことばにならない甘い声を発して、女性の腰に抱きつき、女性はしゃがみこんで抱き寄せる。

ありがとうございます。女性は俳優を見あげ、涙目でいう。うちの子を、うちの子を、見も知らない方なのにどうして、ありがとうございます。ほんまにありがとうございます。手を合わせる。

やめて下さい。俳優は照れくさげに背を向けていう。ぼくにも息子がいましてねえ。一度父親になると、この世の子供全部の父親って気がわいてくるもんですな。では失敬、ごきげんよう。

俳優は歩きだす。半透明の男は夕焼けに溶けている。俳優はゆっくりと振りかえり、橋のところに立つ母と息子に手を振るかと思ったが、くるりと身を回して、暮れなずむ冬空に向けて大きく手を振りだした。透明な膜である男も手を振ろうとした。最後までまわってリールにのこった透明なフィルムが、いつまでもカッタンカッタン回っているように、俳優と透明な膜の男は、陽がおちるまで手をゆっくり振りつづけた。

京都・京都みなみ会館　二〇一〇年一月二十二日(金)

映画「夫婦善哉」上映後　「いししんじのその場小説　夫婦善哉の巻」

第二十六話　犬

地下鉄のなかで音楽がききたくなったらアンタはどうする？　ＣＤウォークマン、はやりのiPod、イヤイヤ、最近はケータイでも音楽はきけるよね。でも、京都に住んでる我々は幸いなことに、そんなちっぽけな機械に頼らなくても本物の音楽がきけるからいいよなー。

三条で地下鉄から京阪にのりかえて、そのまま一つ隣の丸太町駅でおり、南東の階段をのぼったところに、ホラ、クラブメトロ京都ってライブハウスがあってさ、そこで毎晩かっこいい音楽、狼が吠えるみたいなバキバキのブルースや、熊のうなり声みたいなベース、ゴリラのドラミングみたいなパーカッションがきけるんだ。

俺は今夜もやってきた。入場料を払い、黒い鉄扉を開けたら、そこに爆音のロックンロールが！

アレいない。客がいるにはいるけれど、なんというかシ――――ンとしてて、ステージの上はと見ると、一匹の白い犬が横向きに、所在なさそうに座ってるだけだ。

「オイ、なにやってんねん」

顔見知りの店員にきいてみる。

店員は苦笑して、

「イヤネ、犬に小説書かしてるんですよ、なんか書けるらしいってみんないうてます」

「アホかお前、犬に小説なんか書けるかい」

俺はもう一度ステージの方をみた。犬はやはり横向きのまま、前に置かれた白い紙をただじっと犬の視線でみつめているだけだ。客席もあきらかにだらけていて、犬に向けて、いろいろものなどを投げつけかねない雰囲気だ。そのとき、ア、と俺は自分の目を疑い、ステージのそばに駆けよった。もう一度じっと見る。まちがいない。生き別れになった、行方不明の父さんだ。犬にみえるけど父さんにまちがいない。犬だけど、父さんだ。

「父さん」

ステージの下からささやきかけても、犬はただきょとんとこちらをみている。本当は父さんなのに。頭の中も犬化してしまっているのか。

「オーイもうその犬ひきずりおろせや」

「入場料払てんねんし」

こいつらなんのために入場料払ったのか。俺はステージにあがり、父さん、ちょっとと、ステージの後方に父さんを押しやり、マイクをとって、

「オレが今から小説を書きます」

と大声でいった。客席は訝しそうにこっちをみあげたが、騒ぎは徐々におさまり、照明も少しずつ暗くなっていった。俺は小説なんか書いたことないけど、なんか、なんかないか、そう思うと、犬の父さんの気配が俺に重なってきて、子供のころ、家の前の道路でキャッチボールしてもらった夏の夕ぐれを思いだし、俺はそれを書いた。運動会でリレーのアンカーで猛ダッシュする父さんの横顔が競馬の馬みたいにかっこよかった。俺はそれを書いた。

客席から、ウワ、という声がして、オレは、なにかな、とキョロキョロすると、

犬の父さんの前脚だけ人間の手にもどっている。オレはその手で高く高くさしあげられたときの父さんのまぶしい笑みを思いうかべ、それを書いた。今度は首が人間になる。父さんはいわゆる肉体労働者で、ランニング一枚になると首から上だけが陽焼けしていて、その下は白く、筋肉りゅうりゅうでプロレスラーみたいだった。オレはそれを小説に書いてゆっくり振り返ると、犬は、下半身が白いままの犬、そして胸から上は陽に焼けたおっさんというふしぎな形になっていて、俺はしばらくその顔をみつめた。

「オイ」

父さん犬がいった。

「はよ書かんかい。へそから下、犬のままやないか」

俺はまじまじと父さん犬をみつめた。その珍妙な姿だけでなく、黄色い透きっ歯、ごっつぃホクロ、酒で潤みっぱなしの目玉、臭いひげ。

「オイ、どないしたんやしんじ」

犬はいった。俺は小説の中で父さんを美化しすぎていたことに気づき、何かとてもイラッとした。

「オイ！」

吠える父さん犬。オレは席を立ち、客席をかきわけてメトロの場内を走りぬけた。鉄扉を押しあけて外に出る。鴨川沿いを出町柳まで歩くみちみち、父さんのことを考えた。家では母さんが今頃も機(はた)をおりながら俺の帰りを待っているだろう。俺は母さんには犬、というか半分犬の父さんのことはいわないほうがいいだろうな、と思いながら、歩きつづけた。

クラブメトロにごっついかっこいいバンドが出ているらしい、ときいたのはおよそひと月後だ。オレは電話をかけ事情をたしかめると、その晩ひさびさにメトロへでかけた。鉄扉を押しあけると、途端に空気がかわり、狼のようなブルース、熊のうなりのようなエレキベースがメトロじゅうをみたし、めぐりめぐっているのがわかった。客は総立ちだ。いちばんうしろから、頭、頭、頭のすきまをのぞくと、そこにはバンドメンバーをひきつれて轟音のブルースを唄う犬の父さんの姿があった。狼より熊より、俺の父さんの声で、本気のかなしみと不条理をふきとばすために、父さんは全身でうたっている。オレは客の渦から後ずさりして出口にむかった。そして、受付のおねえさんに、差し入れにもってきました、あとでみなさんでどうぞ、といい、ドッグフードの缶を七個、カウンターに積んだ。

京都・京都クラブメトロ　二〇一〇年二月二十四日（水）
冬のメトロ大學「蓄音小説の会」

第二十七話 お寺

オレの京都のマンションには、先月からスミヨシチエが住んでいる。スミヨシチエとは一見、人間の女の姿をしているが、実はバクテリアがかたまって人の形になったものだ。普段は台所のテーブルにむかってじっと座っている。瞬時に粉々のバクテリア状態にもどり、台所のタイルのしみや、包丁の錆のところをムシャムシャ食べる。どうしてバクテリアのかたまりにスミヨシチエという名がついたのかもともとは知らない。ネットのグーグルに画像検索というサービスがあるとき、台所にすわった姿をデジカメでとって、コンピュータの検索にかけてみると、スミヨシチエと名前が表示された。そのサイトにはいろいろよくわからないことばが書かれていたけれど、まわりを動物、トラとウマとリスがものすごく朗らかに駆けまわっている映像がうつり、もともとは哺乳類の体内で増殖するバクテリアなのかもしれない。

このスミヨシチエは、バクテリアなのに、ちょっと無駄に美人で、おかげで余計な誤解を生んでオレはとても困っている。たとえばおとつい大阪の住吉のおかんが掃除にやってきたとき、台所で横向きに座ったスミヨシチエの姿を嬉しげに眺め、こっちを向いてニヤニヤニヤニヤしている、ということがあった。

「ちゃうねん、かあさん。あれ女とちゃう。バクテリアやねん」

しかしおかんはニヤニヤニヤニヤしたまま帰っていった。スミヨシチエはこんなに静かに黙っていると、マアいい感じでもあるのだが、人に見えて人じゃないのだ。なんせ、バクテリアなんだから。

じゃあ、とオレは洗い物の手を止めて考えた。人にみえて人じゃない、ということがあるならば、トラにみえてトラじゃないということもありえるのだろうか。オレはトラのことを少ししらべた。トラといえばビルマだ、ということがわかった。オレはもっとトラ、正確にいえばトラにみえてトラじゃないもののことが知りたくって、ビルマに飛ぶことにした。スミヨシチエを家に置きっぱなしにしたままだと、錆や染みだけでなく、壁そのものや床、ひいては町内全部を食いつくしかねないので、鞄に詰めて持っていくことにした。人にみえて人でないので骨がなく、腹のところでおりたたみ、両肩をあわせれば座布団くらいの大きさになる。

ビルマの空港についてタクシー運転手に、最寄りのジャングルまでいってくれ、といった。正確には、ビルマ語はわからないので半分以上身振り手振りだ。鞄の中でスミヨシチエがぶかぶか膨らんで揺れている。

最寄りのジャングルは空港から三時間ほど走ったところにあった。ジャングルの入口でスミヨシチエを人の形にもどすと、フラフラ揺れつつ、ゆっくりとした歩調でついてくる。熱帯雨林の濃い土の匂いが周囲に、壁のようにたち、オレとスミヨシチエはそのみどり色の壁を突き抜けていくような、やわらかな感覚と共に、少しずつジャングルの中へと歩を進めていった。

まわりに黄色っぽいものが散乱している。よくよくみると人の骨だ。ヘルメットや軍服の破片も転がっている。オレははっとして思わず手を合わせ、ハンニャーハーラーミーター、と唱えた。その瞬間、スミヨシチエはホロホロホロとくずれて草地に広がった。お経が苦手なのか。しかし、数秒後また人間の女の形にもどったスミヨシチエは少し黄金色にかがやいていて、ひょっとすると苦手どころか、お経は好物かもしれない。

オレたちは歩きに歩いてジャングルの奥の集落にでた。そこの村長に、オレの考えていることを話してみると（身振り）、南の森のむこうに、ヤツがいるぅうう、とホラー映画の効果音が鳴りそうな口調で村長はいった。ヤツはたしかにトラにみえる。けど、ヤツは、トラにみえてトラじゃなィいいいい――――。それだ、とオレは思った。そいつこそ、オレがさがしているものだ。

翌早朝、集落が寝静まる中、オレはひとりで南の森とやらに向かった。途中朝日が出るころ、後ろでバサバサと音がするので振りかえると、どこをみているかわからない目つきのスミヨシチエが揺れながらついてくる。オレは少し歩調を緩めて南のさらに南の森へと入りこんでいった。

と、生臭いにおいがした。目の前が唐突に闇になった。オレは立ちすくんでしまったが、大人になってはじめて小便を漏らしていた。闇とおもったのは大きく開いたトラの口の中だった。

か――――――――っ！

トラ、いやトラにみえてトラじゃないものはオレに向かって吠えた。山脈のような牙、波うつ赤い舌。

か────────────っ！

トラにみえてトラじゃない、といってもやはりトラじゃないか。しかもあきらかに人食いだ。オレはいまさら逃げようと思ったけれど足が竦み、巨大トラはもう三メートルほど先に迫っている。

オレは頭のなかがそれで真っ白になってしまったから、それから起きたことが正確かどうか本当はわからない。覚えているのは、オレはトラの喉の奥にむかって手を合わせ、思わず、ハンニャーハーラーミーター、とつぶやいていたことだ。真横にとびだしたバクテリアのスミヨシチエがばらばらにほどけ、オレとトラの前に散らばった。三つのかたまりに分かれ輝いている。最初かたちをとったかたまりは、リスに似ていた。巨大トラはパクリと一口でリスを食べた。二番目のかたまりはウマの形をとった。巨大トラはパクパク、パクと三口で、ウマにみえてウマじゃないバクテリアを平らげた。そして三つ目のかたまりはいっそう金色に輝き、そして、優美なトラの形をとった。二頭のトラは睨みあい、あ、嚙みあう、とオレは思ったが、そうはならなかった。二頭のトラは互いの尻の匂いを嗅ぎはじめ、アオーン、アオーン、と、トラじゃないような声で鳴きはじめた。なるほど、とオレは立ちつくし思った。二頭のトラはオレの目の前で絡みあい、じゃれあい、二頭なのに一頭になったり、溶けあってみえたりした。

そのうち本当の闇が下りて夜が来た。オレはいつのまにか草地で横むきになって眠りこけていた。目が覚めると、ちょうど朝陽がジャングルの木々の間から差しこむ日だまりのところに、すっぱだかの赤ん坊が手足を動かしながら横たわっていた。オレは膝をついて近寄っていき、赤ん坊を抱きあげてみた。やわらかい肉、しっかりした骨、人間の赤ん坊にみえて……とオレは思った。やっぱりこれは人間の赤ん坊だな。

赤ん坊はオレをみつめ、風船がふくらむ感じで自然に笑った。今日は四月八日だった。そういえば今年はトラ年だったんだ、とオレは思った。そしてトラ年生まれの、人間の赤ん坊を抱いて、ビルマの空港から京都の家に帰った。

東京・四谷曹洞宗萬亀山東長寺　二〇一〇年四月八日（木）
「いしいしんじの花まつり」　共演　湯浅学

第二十八話
米

世界滅亡の日が近づいてきて、米子の市民もすべて息絶えてしまった。港湾で野菜を運ぶ男として有名だったたまは、そろそろこの町を抜けだす頃じゃな、と思った。絶えまない揺れ、地鳴り、十日おきにマグニチュード二十の地震が襲い、たまがこれまで生き延びてこられたのは、それは、彼がたまだからである。

港から船出しようと漁船にエンジンを積みこんでいると、

「たまさーん、たまさーん」

と呼ぶ声が瓦礫の向こうから響き、振りむくと、鹿の角が見えた。現れたのは一見ふつうの馬と鹿だった。エ、と思ったが、馬と鹿は嬉しげにパッパカ漁船へと近づいてくる。

「たまさーん、たまさーん」

嘶いて鼻づらを肩に寄せてくる二頭の頭をたまは取り、マー、世界滅亡だったら、こーいうのも喋るかな、と思った。

鹿は顔を上げ、

「ボクら、兄弟たちの群れにおいてきぼりにされてしまった……」

馬は後をつづけ、

「もうこの土地も燃えてしまいます、たまさん、つれてってください」

「マ、イーケド」

たまはいった。

「でもなんでおまえら、群れにとり残されたんじゃ」

馬と鹿は顔を見合わせ少し赤くなった。よくよく見ると、二頭の股間から、ジャイアント馬場が寝袋に入ったみたいないちもつが後ろにボテンと落ちている。

「まーエエよ、乗れ乗れ」

巨根の馬と鹿、そしてたまをのせた漁船はドドドと波を切り、米子を離れた。

タマは機材とかそういうものもわりと得意である。漁船は海流に乗り、遠くへ遠くへと運ばれていった。馬と鹿がいちもつを船尾から垂らすと、タコやアジが何十匹とかかった。タコやアジは喋らなかったが、サイズがふつうの十倍はあった。やっぱ世界は終わるんかのー。生でむさぼりながら、たまはおもった。

海流は船を黒々とした海洋から、エメラルド色の珊瑚礁に運び、まるで糸で引っぱりあげるかのように、ある島の海岸へと漁船を打ちあげた。他にもさまざまなものがこの島の海岸には打ちあがっていた。森のなかに煙がたち、入っていくと、人間の家族が住んでいた。ンモォー、ンモォー、としかいえないチビのオヤジ、目に涙を溜めながらずっと薄笑いの中年女、そしてつんつるてんの日本のキモノをきた少年の三人家族。たまは、オオウ、ともう何十年も知った相手にするように声をあげ、背中をドンドンと叩いた。たまは誰にでもこのようにする。オヤジはンモォーと声を低め、中年女は涙をたらたらこぼしながらたまを見上げた。少年はポカンとこちらを見あげ、名前なんてえの、ときいた。

「たまじゃ」

たまはいった。

「ふーん、へんな名前」

「少年はなんていうんじゃ」

「んー、ぼく、お父さんとお母さんがこんなだから名前ない」

「じゃあわしがつけちゃる、米、でいいじゃろ」

「別にいーけど」

米はいった。

家族は他に馬と鹿を一頭ずつ飼っていた。この動物たちは世界の影響を受けていないのか喋らず、サイズもふつうだった。たまはそれから毎朝海岸におりていっては、流れついた野菜、果物なんかを肩に乗せた箱に満載し、森の家へ運んだ。ンモォー、オヤジはうまそうにスイカを頬張り、中年女が流す涙は瓶詰めのキムチのせいかどうかわからなかった。たまは家族に巣箱のような家を建ててやった。三人が入るとまるですずめのようだ。

島の上の夜空は、世界がいま終わりつつあるなんて信じられない、砂粒のような輝きを放っている。波をみつめていると米がやってきて、

「明日は雨かなあ」

といった。たまはブルースハープを取りだし、

「エエ曲吹いちゃるけん」

といって口にくわえた。プワー、と吹きながら何か歌も歌っているので、ブワッ、ブワーブワーみたいな音が漏れ、かろうじてメロディらしきものが流れる。ブワーブワーブワーーブワ。

「どうじゃ」

たまは嬉しげに米をみおろした。

「へんな歌」

米はいった。

「なんてー歌？」

「『ダラズラブ』じゃ」

たまはいって頭の横でひとさし指をくるくるさせた。

「フーン」

米はしばらく黙って座っていたがおもむろに指をこめかみにあてグリグリ回しながら、ダラズラブ、といった。

「そうじゃ」

たまはいった。

翌日、雨は降らなかった。馬と鹿(ふつうの方)が朝からギャンギャン声をあげながら、繋がれた紐を引っぱっている。島の空気が変なことはたまも感づいていた。巣箱の小屋の窓から、ンモーンモー、とオヤジのへんな声と、中年女の白い足がたえず飛びだしていたし、それで米もゆうべは遅くまで海にいたのだ、とたまは思った。連れてきた馬と鹿のいちもつが三メートルくらいにふくれている。たまは、まあそれも生き物じゃから、といって、浜伝いに島の反対側へ野菜を取りにいった。

正午すぎ視界がいきなりぶれ、足もとの砂地が一気に崩れおちた。たまはしゃがみこんで耐えていたが、空をヒュンヒュンヒュンヒュン音をたてて飛んでいくのは、マグニチュード二十の揺れのせいで、森の中央に隆起した火山の噴きあげる、燃える石くれだった。揺れが収まるとたまは大股で走って巣箱の家に向かった。家は落ちていた。オヤジと中年女は互いに折り重なって黒焦げになっていた。崩さないようていねいに取りのぞくと、亡骸の下に眠りこんだように目をつむった米がいた。

たまはスコップで穴を掘り、ふつうの亡骸を埋めるように土をかけ墓石を建てた。石には思いついた妙な模様や鳥の彫りものをこしらえた。ふつうの馬も鹿も、騒いだのは巨大ないちもつのせいでなく、やはり野生、ということだった。

たまのつれてきた馬と鹿は、森の動物を守るため、とんでくる火山弾をいちもつでうけとめ、そしていちもつは両方途中でもげてしまった。

「たまさーん、俺たち、ここに残ります」

火山弾をうけて残骸になった漁船を見やって鹿はいった。少し内股になっている。

「この島のあの鹿と馬、ちょうどメスだったんで、俺たちここでできるだけのことはやってみます」

と馬がいった。馬と鹿は自分たちのいちもつをうしろ向きにころころ転がし海面に浮かべた。ちょうどいいフロートになっている。たまは手早く確実な大工仕事で、三十分たらずでフロート二艘付きのヨットを作った。浜辺に立っている米を振りむき、

「米、お前どーする」

とたまはいった。米は俯いて黙っていたが、顔をあげ、

「俺もできるだけのことやる、父ちゃんと母ちゃんの墓あるし」

といった。

「そうか」

たまはいって一杯に帆を張った。

エメラルドの島は火山島にかわっていた。煙はどんどん遠くへ遠くへ流れていく。馬と鹿のいちもつでつくったヨットはとんでもない速さで海流をわたっていった。干した果物、飛びこんでくる大トビウオなどでたまは食いつなぎ、そして二週間たった朝、前方に陸地がみえた。風に乗ってきこえてくるざわめきにたまは耳をすませた。

ダラー、ダラズ……。

エ、とたまは息をのみ、目を凝らすと、よく知った市場の瓦礫跡に、小さな人影がポツポツ蟻のように浮かび何かいろいろ運んでいる。

たまは立ち上がり巨大な声で吠えた。何人かが気付きサッと振りむいた。たまは大きく手をふり、そして背中をしならせて海へとびこんだ。そして、生まれ育ち、まだ滅びきっていないダラズの町米子にむけて、ゆっくりゆっくりと水をかき近づいていった。

東京・表参道シアター　二〇一〇年八月二十八日（土）
「バカーニバル50　ダラズラブ」

第二十九話　映画

映画好きな坊主が四畳半の外のベランダに寝転びながら、今日は何を観にいこうかなあ、とひとりつぶやきながら、ぴあをめくっていた。ハラリ、と一枚紙が落ち、同時に黒い粒々がバッとベランダの板の上にちらばった。何だろう、坊主は紙をひろってかいてあることを読んでみた。外国の言葉でFREE PASS TICKET FOR BORDING ALL OVER The WORLDと印刷されている。

たしかに映画のチケットくらいの大きさだが、何の冗談だ、と、坊主はポケットに押し込んで、名画座に『スケアクロウ』という映画を観にいった。ジーンハックマンが最高だった。翌日は、みていなかったアパターを観にいった。こりゃ映画じゃないな、ある意味がんばってるけど。坊主はポケットに何度も手をつっこみながら、繁華街の通りを歩いた。ここ数日なぞのチケットが気になってしょうがない。英語の文言の下に船の絵がかいてあるので、飛行機ではなく船、という意味ではあるだろう。坊主は冗談につきあうくらいの感じで横浜の客船さんばしまで出かけてみた。

外国行きの豪華客船が横づけされている。船名がペンキでかかれてありカタカナでダブ、漢字で平。ダブ平丸という船らしい。タラップのところで坊主はニヤニヤ作り笑いを浮かべながら係員にチケットをひらひらさせて見せた。意外なことに係員は軽く顎を動かし、乗れ、乗れ、というふうに坊主をみた。パスポートももっていないのに。マア、乗ってみるか。坊主は着の身着のままで、ダブ平丸に乗りこんだ。

どこに行く船ですか。甲板に立つ老婦人に尋ねてみた。老婦人はものすごく正確な発音で、上海(シャンハァイ)、といった。そうか、と坊主は思った。ダブ平丸はとても混んでいたが、坊主はオフィサーに個室へ案内された。東シナ海は非常に波が高く、ダブ平丸はまるで音譜のように上がったり下がったりした。

上海で坊主が観た映画は『紅いコーリャン』だった。観るのは三回目だが、老人のアップのところでいつも胸が熱くなる。船を降りるとき、明日には戻るように、とオフィサーにいわれた。船に戻ると、いっぱいの乗客をのせたダブ平丸は波を切って出港した。次の寄港地はニューヨークである。ニューヨークで観た映画は、『薔薇の名前』だった。初めてみる映画だが、長いな、と思った。ニューヨークの街並を歩きながら花屋のスタンドで何の気なしにバラの種を買った。マンハッタンからブルックリンに渡り、橋の根元のところに、三粒バラの種を植えた。坊主は大勢の乗客とともに、翌朝船に戻った。次の寄港地はリスボンである。リスボンの石畳を歩き、土がむきだしになった地面にバラの種を二粒植えた。パリで観たのは、ルノアールの『ピクニック』だった。一日しか時間はなかったが、坊主はパリ郊外にでかけ、川沿いの土の地面にバラの種を植えた。種が少なくなってきたので、レアールの花屋で三袋かった。モスクワではタルコフスキー特集をやっていた。九月というのに地面は冷えきっていたが、公園の噴水の横に、肥料とともにバラの種を植えた。

　ダブ平丸は世界中の港を旅していくようだった。男はだんだんと映画のタイトルが自分の中で溶けていき、まるで長い長い一本の映画をいま、自分はみているだけ、という錯覚に駆られた。ポケットの中のフリーパスはいつのまにかぐっしょり湿っていた。男は映画をみながら、映画とは結局、時間の上で明滅する光と影の組み合わせだ、という当たり前の事実を、自分が発見した真理であるかのように頭に浮かべ、驚いた。ダブ平丸の洋上を行く時間はどんどん短くなり、映画館でばかり、自分は時を過ごしているみたいだ、と坊主は思った。

様々な街中や森、公園にバラの種をうめながら坊主はちょっと変な気分になることがあった。どの町でもひとりかふたり、子供老人の区別はないが、ひたすらじーっと坊主の方を見つめている人がいる。坊主は何度も後ろを振り返った。そういえば映画館でも公園でも、後ろになにかたなびかせているような気分に駆られるときがあった。たなびいているものは、坊主のからだを少しずつ少しずつ、宙に浮かせていった。坊主はこれまでになくからだが軽々と動きまるで体重さえないような気がするのに驚いた。坊主はまるで映画の登場人物のように白々と光り空中できらめいていた。

まわりを見わたすと映画のフィルムのようにまっすぐな帯がのび、まさしく、フィルムそのものの四角い枠が、えんえん地平線までのびている。よく見るとそれは、坊主の過去の映像が、時代順にずらっと並んでいるのだった。コントラバスを抱えた祖父の姿、生まれた家、通っていた学校。世界じゅうの町で少しずつ芽を出しつつあるバラの姿も、間近のフィルムには映っていた。

フィルムのうち、坊主は見た覚えがない何枚かに気づいた。そのうちの一枚は新聞の切り抜きだ。坊主は顔を近づけ、記事を読んでみる。日付は二〇一〇年九月十一日だ。

記事を読みおえるともう一度はじめから読んだ。何度も何度もくりかえし読んだが読みおえるという気がしなかった。背後でぼんやりと黄色い光が浮かびあがるのがわかり、坊主は、アア、そうだったのか、とフィルムから顔を離した。新聞記事の見出しは次のようなものだった。

「日本国船籍の船ダブ平丸が東シナ海で遭難」。嵐でまっぷたつに折れた船体はみつかったが、乗客三千人のからだはまだ見つからず、現在も捜索中。坊主は、そうか、と思い、ゆっくりと後ろをふりかえった。三千個の光の粒が、空中で揺れているのかそれとも海中でか、坊主の方に身を寄せるようにゆっくりと近づいてくる。

俺は、あの船に乗っていなけりゃいけなかったのか。男は深いところですべてを理解した。からだの重みはもう全くなかったが、透明な指を伸ばし、周囲をとりまくフィルムの帯をさわって少し逆に戻した。晴れた日の四畳半、空から陽光がさしこみ机の上のぴあの表紙にあたっている。坊主は可能な限り手を伸ばして、ポケットのフリーチケットとバラの種をありったけ、ぴあのページにはさんだ。それ以上からだを使うことはできず、四畳半とベランダは、光の速さで遠のいていった。

坊主はより集ってくる三千個の光の粒をもう一度見わたした。ひょっとしたら世界中に三千粒はバラの種をまいてきたかもな。三千個の光はうなずくように明滅する。坊主は自分のからだもただの光点にすぎないことに気づいたが、最後にやることが残っていた。俺はそのためにダブ平丸に乗りこんだのだから。坊主は三千個の光と同じ方向をむいて、お経を唱えはじめた。仏教のお経でもイスラムでも、何の宗教でもないようにきこえ、全ての経典を同時に詠みあげているようでもあった。それはもはや言葉でなく音でもなく白い光だった。坊主が唱える光のお経にあわせ、三千個の光の粒もお経を唱和し、ひとつまたひとつと高いところへのぼっていった。やがて三千個はひとつの光の膜になって、一瞬でフィルムのようにこの星の空全体にいきわたった。

雨が降り始めた。パリ、リスボン、ラングーン、ヨハネスブルグ、パナマ、キングストン。世界じゅうの街でほとんど目にみえないくらいか細い雨が同時に降った。雨粒はそれらの土地でバラのひらきかけたつぼみや花びらをゆっくりと湿らせた。坊主の四畳半のベランダにもバラの蔦が伸びていた。ほのかに輝く透明な雨粒が、はるか空の高みから落ちてきて、まだ青々としたバラの若葉を、一度、二度、打楽器のように叩いてかすかに揺らせた。

東京・青山ＰＬＳＭＩＳ　二〇一〇年九月十一日(土)
「音の小説の夜」　共演ＣＩＮＥＭＡ dub ＭＯＮＫＳ

第三十話

雪

砂漠の東のほうから、少年がひとり歩いてきた。西のほうからは少女が、やはりひとり歩いてきた。ふたりはまっすぐに歩き、やがて、砂漠の一点で互いに向き合った。少年のほうがわずかに背が高い。少年は頭のなかのチップを意識せずに走査し、相手の風貌にふさわしい言語を選び出した。少女も同じことをした。

「こんにちは」少年はいった。

「こんにちは」少女はいった。

ふたりはしばらく黙ったまま向き合っていた。

「僕のおじいさんは」

少年はチップを走査しながらいった。

「コントラバスを弾いていたんだ」

ソー、ソーという風に、少女はうなずいた。

「弟もいた」

少年はいった。

「弟は、野球というものがとても好きで、じぶんでもやっていたみたいだ」

「やきう？」

少女はたずねた。

「それはどんなものなの？」

「なんか、棒とか振ったり、走ったりするんだ」

少女はしばらく黙っていた。

「わたしには、おじいさんという人がいたのか、弟がいたのか、チップが傷ついたせいなのか、まったくわからないの」と少女がいった。

「なにも見えないの？」

少年がたずねた。

「なんだか真っ赤な煙や、大きくもりあがった土地が崩れ去ったり、とてつもなく高い水のかたまりが、いろんなものを流していくのは見えるけど、家族は見えない」
少女は少し笑うまねをした。少年はなんといってあげたらいいかわからなかった。

「じゃあ」

少年はいった。

「じゃあ」

少女はいった。

少年は西の方へ、少女は東のほうへ、まっすぐに、まっすぐに、砂漠を歩いていった。少年は砂漠を二日間あるき、その夜は休んで、三日目の朝、砂漠を歩いていると、むこうから人影が歩いてくるのが見えた。自分より少し背が高い。少年は思った。少女はまっすぐに、しっかりした足取りで砂漠を少年の前まで歩いてきた。作ったのではない、ほんとうらしい笑みを浮かべている。

「わたしね、おもいだしたの」

少女は唇をふるわせながらいった。

「チップじゃない、きのう見た夢に出てきて、それでおもいだしたのよ。私、犬を飼っていたことがあるの」

「犬？」

少年はこたえた。

「そう犬。わたしが三歳のときにもらわれてきたの。名前は、『雪』」

「『ゆき』？」

少年は少し考え、

「きいたことないな」

少女は笑い、

「雪の降らない地方に、あなた、住んでいたのかもしれないわね。わたしが三歳のその朝も、空からじゃんじゃん雪が降ってきていて。そしてもらわれてきたその子も、頭からしっぽまで真っ白だったから、わたしピンときて、『雪』って名前をつけたんだわ」

「きみが三歳のとき」

少年はたずねた。

「きみはいま、いったいいくつだい」

「『睡眠』の時間を勘定にいれなければ、十三歳」

少女は背伸びするようにこたえた。

「ふーん、ぼくよりひとつ下だ」

少年は口に出さずに思うだけにした。

「ぼくはね」と少年はいった。

「ロバを飼っていたことがあるよ」

「ロバ！」

少女は目をまるくし、「また変わったものを飼っていたのねえ」

「うん、かわいかった」少年はこたえた。

「毛がちょっと長くて、のどをくすぐってやるとごろごろいって、んにゃーお、と鳴くんだ」

「え」

少女は考えた。

「それ、ひげはあった？」

「うん」

少年はこともなげにこたえた。

「鼻の両側にぴんぴんと横に張り出してた」

「それ、ロバじゃないわ。猫よ」

少女はおかしげにいった。

「猫？」

少年は急所をたたかれたような顔になった。

「ロバじゃないのか」

がっくり肩を落とし、まっすぐ歩いていく。少女は声をかけようとしたが、西日のあたった背中があまりに寂しそうで、じっと見送ったままになってしまった。少年はまた二日歩き、ひと晩やすんで、砂漠を歩いていたとき、まっすぐにむこうからやってくる少女の姿にきづいた。

「あのね！」

少女は犬のことをおもいだしたときよりも笑いながらいった。

「わたしのカプセルに入っていたボックスで調べたら、猫とロバはね、馬とロバよりも、DNAが近いんですって。ほんとうの話」

「じゃあ、ロバと猫は、そうはちがわないんだ」

少年はほっとした顔でいった。

ソーソー、という顔で少女がうなずいた。「君のカプセルは、ぼくのより新しいのかもね。ぎりぎり最後になって、打ち上げられたのかもしれない」

少年はいった。

「このあいだから気になっていたんだけど、あのむこうにある塔、いったいなんだか知っているかい？」

「ああ、あれなら調べたわ」

少女はチップを走査し、二度、三度とうなずいていった。

「あれは、わたしたちのカプセルより先、いちばん最初に打ち上げられたいちばん大切な装置で、『スカイツリー』というものらしいわ。空からあそこに突き刺さって地面の鉱物を気体に変えるの。わたしたちがこうして息をして、話をしていられるのは、あの、スカイツリーのおかげらしいわ」

少女はいった。

「見に行ってみようか」

少年はいった。

「行ってみましょう」

少女はこたえた。

ふたりは真上に高々と突き出た、赤錆の塊のような鉄の塔、スカイツリーを見上げた。

「ぼくのカプセルのまわりには」

少年がいった。

「水が流れてるよ」

「わたしのカプセルのまわりには」

少女はいった。

「草が生えてるわ」

ふたりは砂漠のもとの一点にもどった。そしてまた、少年は西へ、少女は東へ、まっすぐに歩いていった。三日後、朝日がのぼった。東から少年が、西からは少女が、犬とロバみたいに全速力で走ってくる。少年と少女は間近で向き合い、おたがいに顔を見つめながら、もう、東と西に、べつべつに歩かなくてよい、とふたりとも、チップではない、夢をみる機能をもった部位で思った。

「いっしょに南へ行こうか」

少年はいった。

「行きましょう」

少女はいった。

ふたりは肩をならべて、砂漠を、南にむけて歩きだした。そして、ちょうどいい風が吹く、きもちのよい高台を見つけ、何ヶ月もかかってビニールと草、カプセルの材料で家をつくった。オイルを使った筆記用具で、チップと記憶に頼って、戸口の横に誰でもするように、ふたりの名をきざんだ。

少年の名前はプラス。少女の名前はマイナス。

ほんとうの名前をめぐる情報は、チップにも、記憶のどこにも、残されていなかった。何十年、何百年眠りつづけてこの場所にたどりついたのか、ふたりにはわからず、カプセルのベッドに書かれていた記号を、そのまま名前にした。ふたりは家のそばまで水を引いた。砂漠に何度吸い込まれても、プラスは笑ってチューブをつないだ。マイナスは草を調理する方法をあみだした。ふたりが年を重ねるうち、砂漠の遠いところで砂煙が上がり、見にいくとまた別のカプセルが落下していた。熱がさめてからカプセルのドアをあけると、なかはすべて焼けこげていてなにも生きているものはいなかった。しばらく経って、またカプセルが降ってきた。四歳の女児が乗っていた。カプセルは、ひと月に二個落ちることもあれば、一年、二年と届かないこともあった。プラスとマイナスのはじめての子どもは男児だった。二番目の子どもは、うまれつき呼吸ができなかった。マイナスは健康で、六人目、七人目と子どもを産んだが、環境のせいか半数が十年と生きなかった。それでも半数は大きく育ったのだ。ふたりのあとからカプセルで到着したひとたちも、家を建て、名前を名乗り、水を引き、料理をし、ひとつ、またひとつと家同士が親戚になり、村ができた。草地が広がり、池や川がきらめきを見せるようになった。けれども、ある年、スカイツリーが不具合を起こし、防護服が間に合わなかった村人のおおぜいが窒息した。プラスがツリーにのぼって不具合を修復した。一瞬にして砂漠にもどった地面に緑がもどるまで、また同じだけの長い月日がかかった。村はまた大きくなり、プラスとマイナスのまわりに、おおぜいのひとが集まった。カプセルで到着するのは、プラスやマイナスらと同じ外観のひとばかりでなく、うねうねとした触手をもったひとや、頭が鳥のひと、ほとんど半透明なからだのひとなど、空のあらゆる方向から集まってきたので、親戚はいろんなかたちの、いろんな人間でいっぱいだった。長い年月だった。

「ねえプラス」

八十八歳のマイナスはいった。

「わたしたちが結局していることって、とても長い放物線をえがいて、ゆっくりゆっくりとゼロに近づいていく、落ちていくことなのかしら。結局、そういうことなのかしら」

寝床に仰向けによこたわった八十九歳のプラスは、「ぼくには、よくわからない」

と笑った。

「でも、放物線をえがいて、たとえゼロに落ちても、そこからマイナスのほうへも、影を伸ばしていくことは、できるかもしれないね」

「そう考えると、マイナスが待っていてくれると思うと、ぼくはこうして立てなくなっても、わりと楽しみなんだよ、落ちていくのが」

プラスは秋の朝、息をひきとった。歩いて三日しかかからない星の各地から、ほぼ全員の住人が、葬儀にやってきた。八十八歳のマイナスはすべてが終わってから、スカイツリーを見渡せる、はじめて住んだ、ちょうどいい風が吹き寄せる小高い丘に行った。あのとき砂漠だった大地が、いまはまだらとはいえ草原になっている。マイナスは、この星にくる前のことを、ほとんどもう忘れていた。プラスとひろげた土地が、すべての、知っている土地だと思った。うしろから風が吹き寄せる。そのとき、首になにかが当たった。手を当ててみると、なにもない。かすかにぬれている。また当たった。今度は耳。今度は手首。マイナスは手首を前にもどして見つめた。透明にきらめいている。みおぼえのかすかにある結晶。

雪？

マイナスは空を見上げた。

雪

雪

雪

雪雪
雪雪雪雪

雪雪雪雪雪雪

雪雪雪雪雪雪雪雪雪雪雪雪

雪雪雪雪雪雪雪雪雪雪雪雪雪雪雪雪雪雪雪雪雪雪

雪雪雪雪雪雪雪雪雪雪雪雪雪雪雪雪雪雪雪雪雪雪雪雪雪雪雪雪雪雪雪雪雪雪雪
雪

第三十話　雪

雪雪雪雪雪雪雪雪雪雪雪雪雪雪雪雪雪雪雪雪雪雪雪雪雪雪雪雪雪雪雪雪雪雪雪
雪雪雪雪雪雪雪雪雪雪雪雪雪雪雪雪雪雪雪雪雪雪雪雪雪雪雪雪雪雪雪雪雪雪雪
雪雪雪雪雪雪雪雪雪雪雪雪雪雪雪
雪雪雪雪雪雪雪雪雪雪雪雪雪雪雪雪雪
雪雪雪雪雪雪雪雪雪雪雪雪雪雪雪
雪雪雪雪雪雪雪雪雪雪雪雪雪
雪雪雪雪雪雪雪雪雪雪雪
雪雪雪雪雪雪雪雪雪雪
雪雪雪雪雪雪雪雪
雪雪雪雪雪雪
雪雪雪雪
雪雪雪
雪雪

雪

この星にはじめて降り、大地をあっという間に埋め尽くした雪を見つめ、マイナスは、大きく息を吸った。ちがった形のからだをした子どもたちが、まるで犬のように追いかけ合い、雪の原に斑点をつくっている。ちょうどよい風がうしろから吹き、足もとの雪をさっと煙のように舞い上げた。いまわたしが見ているのと同じ景色を、いまプラスもきっと見ているにちがいないと、大きく目を広げたまま、マイナスは思った。

東京・青山 PLSMIS　二〇一〇年九月十二日（日）

「映像の小説の夜」　共演 CINEMA dub MONKS

第二十九話と第三十話のイベントは二日連続でおこなわれ、
「雪」はノート型コンピュータによってタイピングで書かれ、
そのディスプレイがスクリーン上に無音で映し出されました。

第三十一話　脈

豊島（てしま）の橋本さんの家に泊まりにいったとき、迎えてくれた橋本の爺さんは右手の小指が根元から無かった。風呂上がりにくつろいでいると、急に珍しい雨が降ってきた。橋本の爺さんはお茶を注ぎにきて、わしの小指がなくなった理由、知りたいか、教えてやろうか、と顔を前にせり出していった。私は別に知りたくもなかったし、スナックにでもいこうかな、と思っていたのだが、そもそも橋本さんの家のそばにはスナックなどないし、爺さんはものすごくきいてほしそうな顔でこっちを見つめている。ええ、そうですね。私は答えた。手短にだったらきかせてもらいましょうか。そういうわけで、以下の話は橋本の爺さんがしてくれた、爺さんの小指が無くなった訳である。

爺さんは若い頃、豊島の釣り名人として島じゅうに知られていた。釣りのなかでも脈釣りが得意で、糸一本指に引っかけ、海中に針をつけて投じたものを、ゆーっくり、ゆーっくり、脈を取るように動かして魚の気を引く。爺さんの脈は魚によく通じるらしく、クロダイ（チヌ）やキス、ヒラメなど、瀬戸内の海の名物の魚が、それこそ鈴生り（すずな）りに獲れたものだった。

釣りの名人によくあるように、橋本の爺さんも、神仏や目にみえない物事を非常に大切にした。舟からあがるとき海面を振りかえると、黄色やオレンジ色の光がいくつも玉のように宙に漂っていることがある。爺さんは線香を束ねて火をつけると、海岸に立て、しばらく両手を合わせた。これは毎晩のことだった。もうひとつ橋本の爺さんが習いにしていることがあって、その日の漁でもっとも美しい、もっともおいしそうな魚を一匹、海岸のそばに立つ柿の木の根元に穴を掘って埋める、ということをやる。どうせ猫が、とか、もったいない、という仲間もいたが、橋本の爺さんは必ず魚を一匹木の根元に埋めた。そして脈釣りの名人でありつづけた。

橋本の爺さんは若いころに結婚していたが、十年連れ添ってもまだ子宝に恵まれず、妻も苦笑気味にゴメンネェといっていて、ただ爺さんは、自分の仕事は大勢の魚の命をとることで成り立っていると思っていたから、しょうがないか、という気もあった。ただ妻に申し訳なかった。

ある朝、漁に出かけていく途中、柿の木のところに、丸坊主に黒いボロボロの袈裟をきた僧侶が立っていて、じーっと木の全体を見渡している。どうかしましたかい、爺さんがたずねると、この柿の木はちょっと他にはない木じゃな、と思ったより年のいった僧侶は呟いた。橋本の爺さんは不思議な気持ちになって、毎晩漁のあとで自分がしていることを僧侶に告げた。僧侶は爺さんをふりかえると驚いたことに手をあわせ、ご功徳なことや、今年、この柿の実を干して、最初にできたんを食べんさい。ええことがある。そういって僧侶は去っていった。不思議な気持ちはますます強くなったが、爺さんは普通に漁にでかけ、その日もやはり大漁で、やはりオレンジと黄色の火の玉に線香をたむけ、いちばんきれいなキスを柿の木の根元に埋めた。

その年最初にできた干し柿を妻に食べさせると、一月に妻ははらみ、その年の十月、元気な男児をひとり産んだ。男は有頂天になった。全島の漁師からどんどんアワビとカサゴがとどけられる。産後の肥立ちにいいとされるためだ。女たちの甲斐甲斐しい介抱を隣の部屋でききながら、橋本の爺さんたち漁師は三日三晩どんちゃん騒ぎをやった。

三日目の夜ちょっと頭を醒まそうとフラフラ海岸に出ると、少し離れたところでオレンジ色の光が黄色の光と一緒に日本酒を飲んでいる。ア、オレも、と思って足を前に出した次の瞬間、真っ暗な闇のなかで溺れていた。この一週間、線香の一本すら手向けていなかったことを、爺さんはゴボゴボと潮水を飲みながら思いだした。爺さんは水中でくるくると胎児のように回転した。意識が濁っていく。急に寒くなり、からだの感覚がない。もうこのまま落ちこんでいく、と思った瞬間、

「ドクン。ドクン」

周りが脈打った。

「ドクン。ドクン」

脈打つ闇のなかで、橋本の爺さんは急激に真上に引っぱられた。気がつくと海岸で仰向けに伸びていて、四つん這いになった爺さんはゲホゲホと塩水を吐いた。首に違和感があって手をやると釣り針が引っかかっている。銀色のテグスが長々と伸びていて、薄暗いなか手繰りながら進んでいくと、爺さんは例の柿の木の前にやっ

てきた。テグスが一番太い枝にグルグル巻きに絡みついていた。橋本の爺さんはしばらく立ちすくんで考えた。そうしておもむろにふところから魚さばき用の包丁をだすと、足元の石の上で右手の小指を断ち切った。そうして木の根元を掘り返してそこに埋めた。

そういうわけでなー、爺さんは小指のきもちわるいつけ根をヒラヒラさせて笑った。肝心の小指が使えんのじゃから、それ以来脈釣りはさっぱりじゃ、爺さんは笑いながら煙草をふいた。

スミマセン、またうちのオヤジがしょうもない駄法螺（だぼら）ばっかり吹きまして。二十五歳の橋本さんがお盆を抱えてやってきた。いま豊島で脈釣り名人といえばこの息子の橋本さんで、今日は彼のところに赤ちゃんが生まれた祝いに私はやってきたのだった。マア、遠路はるばるようきてくれました。まずはちょっと召し上がって下さい、と橋本さんは皿をひとつ私の前においた。今朝脈づりでとってきた最高のキスです。このままで食べられます、サ、どうぞ。私は生のキスをつまみあげ口に放りこんだ。赤ん坊の小指をしゃぶっているみたいな感触の子ギスは、まるで自分で勢いをつけたかのように、スルリと向こうから私の喉に飛びこんだ。

香川・豊島島キッチン　二〇一〇年十月二十七日（水）
瀬戸内国際芸術祭

第三十二話 おしっこ

真っ暗で長い渡り廊下を、ぼくは股間を押さえながら必死で走っていく。真夜中のいま何時かはわからない。もうもれそうなんだ。仁尾(にお)の屋敷の母屋から便所までは、これが渡り廊下なのか、橋じゃないのかというくらい長い長い廊下がつづいていて、周りの庭の木々が両側から触手みたいに飛びだしている。いつもなら、こわくて目をつむって通るところだけど、そんなこといってられないくらいもれそうなんだ。

ぼくは長い長い橋のような廊下を女の子みたいな内股でてんてんてんてんてん足音を響かせながら便所めがけて走っていく。と、お風呂場の脱衣所の前を通りかかったとき、ふとなんだか変な気配に気づいて立ちどまった。もれそうでたまらないけど気になってしょうがない。なんだろ。四畳半の脱衣所に裸足で入ってみる。ふだん紫の布がかかっている三面鏡が大きく開き、渡り廊下と庭を薄灯りの中で映しだしている、そのはずだった。けれどそんなものは映っていなかった。まっ白い壁と這いまわる鉄パイプのようなものが映っていて、そんなものこの仁尾の屋敷にあるはずがなかったから、ぼくはいっそう興味をひかれ、ツ、ツツ、と鏡の方へ近づいていったんだ。

鏡のなかで、なにか動いた。黄色い光だったような気がする。前のめりにのぞきこむとぼくのからだは鏡の中にスルスル入りこみ、気づくとそこは畳ではなくて、灰色のひんやりした平らな床で、取り囲む四つの白い壁には、なんだかみおぼえのある木や屋根の写真がぽつぽつと掛けられてあったんだ。

その場で立ちつくしているとうしろから、アレー、ぼくどこから来たのかなー、名前はー、と声がして、ふりかえるとおかっぱ頭みたいなきれいな女の人が笑っている。エート、ぼくは考え、ぼく、仁尾からきました。石井孝典(たかのり)っていう名前です、八歳です、ときかれてないことまでこたえた。そう。女の人はいってぼくにチョコレートをくれた。甘かった。

ここどこですか。もぐもぐ口を動かしながらきくと、横浜、と女の人はいった。日本でいちばーん古いコンクリートのオフィスビルよ。女の人はいった。でも仁尾の屋敷の方が古いですよね、いいかけてやめておいた。

おなか空いてる？　ていうか、裸足じゃ、寒いよね。女の人は写真が掛かった壁の向こうから、猫の足の形の毛糸のくつ下をもってきた。はくのか、と思ったけど、女の人が親切そうに笑っているのでくつ下をはいた。その日は、さいこさんというその女の人に連れられて、赤とか黄色とか金色とか、メチャクチャ派手な建物ばっかりの通りにいって、中華料理を食べさしてもらった。ア、ブタまん、とつぶやくとさいこさんは笑いながら首をふり、こっちじゃあね、にくまん、といった。にくまんはぶたまんと同じかそれよりもおいしかった。さいこさんはまたチョコレートをくれた。

とても横浜が気に入ったので、みんなを呼んでみようと思った。さいこさん、呼んでもいいですか。いいわよ孝典くん。ぼくは写真の一枚の前に立ち（そこは母屋のいちばん奥の十二畳の座敷で、籐椅子がいつもおいてある）、その裏にある部屋でぴっちり布団をしいて寝ているお兄ちゃんや弟、いとこたちに、なあ、なあ、横浜おもろいで、なあ。

　すると兄やいとこたちはムクリムクリと起きあがり、写真を飛びだして次々に横浜のコンクリートのビルにきた。近所の民さんや塩づくりの常さんまでやってきて、客船の泊まった埠頭や、マリンタワーをまぶしそうにみあげた。仁尾のみんなを横浜に呼ぶことができて、ぼくは少し自慢だった。

　足元がジャリッといった。歩くたびジャリッ、ジャリリッとかわいた音をたてる。みおろすと、地面がまっ白な砂糖をふりまいたみたいになっていて、指ですくってなめてみるとまさに仁尾の塩だった。みまわすとまるで霧みたいに塩気がたちこめ、横浜の人たちは咳をしたり喉をひっかいたりたいへんなことになっていた。

　さいこさんがちょっと困った顔で建物から出てきて、どーしよーどーしよー、日本でいちばん古いコンクリートのオフィスビルが、このままじゃー塩でだめになっちゃうかも、どーしよーどーしよー。ぼくはあわてて建物に入った。コンクリートに塩がふき、見た目にもヤバイ。白い壁の部屋からウジャウジャ声がきこえる。写真の中から、外人さんの声や大洋ホエールズを応援する人の声がきこえ、あ、仁尾にも横浜が混じってしまってる、とぼくは気づいたんだ。

どうしようぼくのせいで。窓の外をみると雪のように塩が積もり、横浜のきれいな街並を埋めつくそうとしている。仁尾の写真の中では、黒人と白人のＭＰがなぐりあいをはじめた。どうしよう、どうしよう、とつぶやきつづけているうちに、ぼくはハッとした。ハッと、あることに気づいた。気づくともうがまんできなくなって、急に女の子みたいな内股になって、一気におしっこをもらしたんだ。

おしっこはまるでおしっこじゃない、ダムがこわれたみたいな勢いでほとばしった。ビルの出口から奔流となって流れだし、積もりに積もった塩をすべて横浜港へと流しおとした。その流れのなかには仁尾からやってきたなつかしい人々の姿もあった。海はつながっている。流れていけばいつか仁尾につくだろう。

ぼくのおしっこはやまない。どんどんほとばしって写真からむこうの仁尾にまであふれだし、仁尾に混じったさまざまな横浜を洗いおとしていく。

さいこさんがびしょぬれになりながら笑って手をふる。じゃあ孝典くんもう行くのね。ウン。ぼくはうなずき猫のくつ下を返そうとした。いいのよ、それあげるから。いつかまた、横浜にやってきてちょうだいね。私このビルを守っているから。ウン。孝典はうなずき写真の額に手をかけ、うんと身をせりださせた。鏡を通って風呂場の脱衣所へ、全身ずぶぬれのまんまぼくはわたり廊下にもどったんだ。

すべてぐしょぬれだった。屋根や松の枝から透明なしずくがしたたり、夜明け前の薄闇に水音を響かせていた。庭、廊下、蔵、手水鉢（ちょうずばち）、土壁、井戸。ぼくはゆっくりと視線をうつし、透明な水に濡れたそれらを見つめた。

ふと思いついたことがあって母屋の十畳にもどった。父さんも母さんもおばあちゃんも兄ちゃんもみんなびしょぬれのままスースー寝息をたてている。ぼくは父さんのかばんをさぐり、昼間父さんが自慢そうにみせびらかしていたニコンというカメラを取りだした。庭に出ると、ちょうど東の庭の松の枝の先に朝陽がのぼりだしたところだった。なんだかものすごく大きいものがうまれた朝みたいやなあ、とぼくは思い、庭全体にカメラを向けた。そして、うまれてはじめてちゃんとしたカメラで、自分の指でシャッターを押して、自分の写真をこの世から切りとったんだ。

神奈川・横浜ギャルリーパリ　二〇一〇年十一月三日（水）
石井孝典展「にお～じかんのかたち。ひかりのこえ。」

第三十三話　空

中目黒にある夜のカフェからほろ酔い気分で出てきた鉄砲玉のヤスは、電信柱の陰にダンボール箱が置いてあるのに気付いた。ヤスはちょっと変な気がして近づいてみると、箱の中に、ものすごい古典的な姿勢で子犬がうずくまっているのが見えた。

「オ」

ヤスは思わず声をもらす。子供の頃から異様なくらいの犬好きで、どんな犬でも外で見かけたら胸に抱きすくめてしまうほどだ。そして目の前の子犬は、ヤスほどの犬好きでないと見逃してしまっただろう。というのも、その子犬は透き通った体を持つ透明な犬、言ってみればエアー犬だったからだ。ヤスはエアー犬の前足の付け根に指をかけ、ソロソロと持ち上げた。エアー犬はうっすら透明な目を開け、エアーな鳴き声をクルルルとあげた。ヤスは子犬のエアーな感触を味わいながら、独り住まいのアパートへ向かって歩き出した。夜空には犬が笑った形に似た三日月が出ている。

ヤスが所属する組事務所は中目黒の真ん中あたりにあって、外目黒の別の組とちょうど抗争中である。ヤスは翌朝エアー犬を抱いて組事務所に行った。透明なので、誰も犬とは気付かない。電話をかける時も、色々脅しを入れたり、テキ屋の大将と面談したりするときも、エアー犬と一緒である。犬好きにとってみればこんな幸福な時間があるだろうか。それに子犬はエアーなので、目に見える小便やウンチをしないし、エサもハクハクと口を動かして勝手に食べている。エアーということは肉体がないので、たぶん年も取らないし、死ぬこともない。それもちょっとさみしいけど、俺の死に目にこいつが枕元にいて、ペロリペロリ、落ち窪んだほっぺたを舐めてくれるっていうのも悪いもんじゃないだろうな。

ヤスはエアー犬にクウという名前を付けた。クウクウ、エアー声で鳴くのと、後は空気の空の字から取った。クウはヤスを信頼しきっているようで、どこへ行くにも後を付いてくる。頭のまわりに漂っている時もある。まさに空気みたいな存在だ。ある日組長に呼ばれた。クウのことかもな。鉄砲玉が毎日事務所で子犬にかまけているなんてやっぱし……。しかし、組長はヤスの横で自分の尾を追いかけているエアー犬のクウには見向きもせず、

「ヤス、気ィつけえよ」

と日本の西の方のイントネーションで言った。

「ハ」

ヤスがきょとん顔で見返すと、

「あいつがムショから出てきおった」

「あいつって……ア、コロですか」

組長はゆっくり頷き、

「そや、相当お前に因縁含んどおさかい、ただではすまんで」

ヤスはクウの背を撫でながらニヤリと笑い、

「大丈夫ですよ。中の目黒にいるうちは向こうも手ぇ出してきませんし、あんな野郎、こっちが返り討ちにしてしまいまさあ」

組長はガラリと啖を切って、

「とにかく気ィつけえ」

と言葉を切った。

コロとは名前はかわいいがめちゃくちゃに凶暴な外目黒のチンピラで、歌舞伎役者をぶん殴って収監された男の三十倍強い。五年前、ヤスとちょっといろいろあって、中目黒におびき出されてはめられ、懲役をくらって塀の中にいた。ヤスもそれくらい知っている。もう出てきたとは。返り討ちとは言ってみたものの、あのムチャクチャな暴力は思い知っているので気持ちはよくない。じっと結んだ口を、膝の上から、透明なクウが透明な瞳でじっとみている。

郵便局に小包を出しに行った日だった。小包で何をどこへ送ったかはヤス以外組長しかしらない。郵便局から出て、フッと足元を見るとクウがいない。いないなんてことないだろう。ヤスはきょろきょろまわりを見た。向こうの角のところで、クウ、クウ、とエアーな犬の声が聞こえ、ヤスは思わず、

「クウちゃん！」

そう言って駆け出したが、角のところにクウはいない。もともと透明だがヤスに

は分かるのだ。また向こうの角のところで、クウ、クウ、エアー声がする。

「クウちゃん！」

駆け寄ってはいなくなり、また声が聞こえてはいなくなる。

「クウちゃん！　クウちゃん！」

ヤスは必死でクウの声を追った。ちょっと開けた川のところに出た。裸の大将みたいな身なりの全身筋肉男が、エアー犬のクウを右腕で抱いてぎゅうぎゅう締め上げながら笑っている。コロに間違いない。

フへへ、と笑って、

「ヤス、おめえ今自分がどこにいるか分かってんのかー」

ヤスは振り返った。今渡ってきた橋の向こうが中目黒、こちら側は外目黒だ。そんなことより、とヤスは思い直し、

「コロ、てめえ、なんでクウちゃんが見えんだよ」

コロはフへへへへ、と笑って、

「そりゃあな、俺がおめえと同じくらいバカで犬好きだからだ」

三十分後、ヤスの全身はぐにゃぐにゃに骨折し、耳の穴から緑色のどろりとした

ものが地面に垂れ落ちていた。コロは、透明な子犬を軽くヒョイと蹴り飛ばし、外目黒のドヤ街へと去って行った。

薄れゆく意識の中でヤスは目の前がチカチカ点滅するのを感じていた。なんだか黄色いものが来る。それは光の犬の形をしている。フラ、フラ、とよろけながら近づいてきたかと思うと、サッと目に見えない速さでひらめき、ヤスの胸の中に飛び込んだ。この世で最高の酒を飲んだときのように、全身が内側から膨らみ、何かがまわり出すのを感じた。

ヤスは後ろ手に身を起こし、顔、頭、腕、足と触ってみた。外傷は残っているが、骨も内臓もなんともない。おずおずと立ち上がってみる。まわりを見渡し、ハッと思い、

「クウ、クウちゃん」

呼んでみると、クウ、クウ、橋の欄干の陰から白い毛の目に見える子犬が現れ、トトト、とヤスに走りよった。

「クウちゃーん！」

ヤスはしゃがみこんで抱きとめる。クウはエアーな体であることをやめ、いつか

死ぬ、普通の体の犬になっていた。普通よりもちょっとバカっぽい顔で、舌をハアハア垂らしている。

翌日、東京に久しぶりに雪が降った。スカイツリーも東京タワーも中目黒も外目黒も、分けへだてなく真っ白な雪の世界となった。ヤスはアパートの階段を下り、トトトト、と駆け下りてくるクウを抱き上げようと手を伸ばしたが、クウは舌を出してひょいと逃げた。ヒョイヒョイと跳ねながら、エアーでない犬の声をクークーとあげ、真っ白い道路の上で踊る。雪に白い毛が溶けて保護色のようだ。

「エアーだな、クウ。クウちゃん、またエアーになってる」

ヤスが笑いかけるとクウは止まり、ゆっくりと振り返って、三日月みたいな犬の笑みをニッと浮かべた。

東京・中目黒ラウンジ　二〇一一年一月十二日（水）

「第三回　究極の！おうちで夜カフェつくろう会議」U-stream中継

第三十四話

森

森の奥まった場所にその家は建っていた。女性ながら健脚を自認する私も五時間歩きづめで少々疲れていた。小屋の正面がスーと音もなく開き、和服の私と同じか少し年下くらいの青年が姿をみせた。青年は私を見て笑った。美しい面立ちの若者で、ぎょろっとしたどんぐりまなこにいたずらっぽいほほえみをうかべている。サ、どうぞ。青年に誘われるまま私は小屋へ入った。

椅子に腰かけると青年は奥から盆にのせたお茶をもってきた。啜りながらよくよくみると、イスやテーブルに見えたものは足もとにギュイッともりあがった木の根っこだった。お茶を入れた椀は、木の葉がぎっしり、そのような器の形にかたまったもので、木の壁、そして床と思ったものも、それぞれ整然とぎっしり組み合わさった木の枝と根っこだった。

笑いかける青年に私は、この小屋は、何本の木でできているの？　サア、青年はますますにっこりして答えなかった。はぐらかしている感じでも、誤魔化している感じでもなく、本当にわからないのだ、といいたげでもあった。

疲れたでしょう、あちらで夕食を。青年が立ちあがり、私はそのあとにつづいた。隣室もすべて枝と根がくみあわさった四角い部屋で、中央に長方形の大きな根がうねりそびえていた。青年は奥でシューシューなにかを焼き、うれしそうな顔で木の葉の皿にのせてやってきた。見ると、血がしたたりそうなステーキだ。いいんですか、私が驚いてきくと、お肉たべないと、力でませんからなあ、と青年っぽくない言葉づかいでいった。食後は花の形をした餅菓子がでた。

じゃあこちらです、青年にいわれさらに奥へ入った。私ははっとして立ちどまった。張り巡らされた枝の上に、この小屋ではじめて人の手がつくったらしいものを見つけたからだ。それは本だった。四方の壁にぎっしり、上から下まで何百何千冊という本が並べられていた。私は少しほっとした気にもなって、青年にむいて、全部が全部、植物ってわけじゃないのね、といった。すると青年は意外そうな顔をして、いいえ、だって紙はもともと、木ですよ。森からできているんです。それに、紙にかかれたすべての言葉、わかりますか、言葉っていう言葉自体に葉っぱが含まれている。

その葉っぱ、木の葉が部屋の床にぎっしり敷きつめられていた。ゆったりとくねる木の根がちょうど枕の形をしていた。じゃあおやすみなさい、ここにある本はどれを手にとっていただいても結構です。スッと明かりが暗くなり青年は消えた。私は枝に並んだ本を気まぐれに取り出しては開いてみた。読めそうな本もあれば、何が書いてあるか、さっぱりわからない本もあった。だんだんと瞼が重くなり、私は降り積もった木の葉にもぐりこんで、やわらかな底に身を横たえた。

その夜、夢をみた。どんな夢だったかはもう覚えていない。夢をみたあとは、夢のなかでは覚えていたような気が遠くする。気がつくと私は横向きになってぽろぽろと涙をこぼしていた。何かの木の実のような涙だった。私はその部屋でひとりだけで、青年がそばにいたなんてことはもちろんないけれども、なぜだか「包まれている」感触がした。その部屋の空気に、すべて枝や根でできたこの奇妙な小屋に、そして植物が繁茂するこの森、この世界に。花は一輪一輪、木の幹は一本ずつ数えられる。けれども、それらはすべてばらばらにあるのではなく、すべてがつながりあって無限の総体をなしている。人間はどうだろう。私は、もういない父、母、友人たちの顔を浮かべた。まどろみの中でそれらは段々とひとつになっていった。その人たちの発する言葉がきこえる。言葉とは、人間ひとりひとりの舌においしげる、木の葉なのかもしれない。いや、人間自体ひとりひとりに見えて、大きすぎてみえない木の枝にさがった、一枚ずつの木の葉なのかもしれない。

翌朝、本の積まれた枝の向こうが眩しいくらい明るくなって、白い陽光のなかから青年がまたいたずらっぽい笑みをうかべて現れた。私は身仕度を整えて待っていた。こちらを見つめる青年に私は、あなたについてみんながいってることがなんとなくわかったような気がします、といった。青年は深く本当の笑みをつくると、それもまた積み重なった木の葉のようなもんですよ、といった。本当の笑みを浮かべた青年は、青年ではなく、九十五歳くらいの老人にみえた。いや年齢なんかないのだ、と私にはわかっていた。

朝陽はぐんぐん強くなり、黄金色に溢れかえる陽だまりの中で、青年も本も植物だけの小屋もだんだんと色が薄くなり、保護色のような感じでまわりに溶けていった。そして見えなくなり、まわりは木の葉や蔦が生い茂る森の風景となった。ポケットに妙な感じをおぼえ、手を突っこんで取りだしてみると、摘めるぐらいの木の実が入っていた。涙の形でなく、やわらかくなにかを包んだこぶしのような形をしている。そのこぶしに何が包まれているか、ひらいてみるわけにはいかないけれども、私はなんとなくその中身を夢でみた気がした。木の実のこぶしを自分のてのひらでやわらかくつつむと、どこまでもつづくような森のなかを、私は茶色い陽だまりを伝うように、一歩一歩みどりの吐息をつきながら歩いていった。

高知・牧野植物園　二〇一一年一月十五日(土)
「根をはり、枝を広げる。樹とことば展」

第三十五話
シスコ

研作少年はまわりから、引っこみ思案な子だ、と思われていた。今年で六歳。学校に入ってクラスの子どもたちからは、ひとりポツンと離れたところにいつもいて、空や金魚や花壇をみつめていたりするやつだな、という印象で受けとめられていた。

学校から家までの帰り道、研作は目をサーチライトのように輝かせ、路傍の草花、疎水のせせらぎ、飛び交う鳥の音に注意をむける。玄関からただいまと駆けこんで、いちばん最初に向かうところは、自分の机でもおもちゃの入っている箱でもなくて、四畳半で油絵の具にまみれている祖母のところだ。

「おばあちゃん、さっきな、むくどりがイカみたいに飛んできてん、ちょっとこわかった」

「おばあちゃん、もうむくげが咲いてたで」

外にあった季節の変化を萌す草や動物について、研作は毎日帰っては夢中で祖母に話すのだ。祖母は孫が帰ってきているというのに絵に夢中で、絵筆を動かしながら、ホーカー、フーン、ホーカー、いいながら頷いているが、たまにフイッとこちらを向いて、歯をキッと見せながら笑う、その表情が研作は好きだ。

ひととおり話しおわると研作は祖母に並んで、いま目の前に描きだされつつある風景や行事にみいる。それはだんだんと研作の前で大きく膨らんでいき、やがて研作の全身を呑みこむ。

気がつくと、夜の海辺に立っている。海のむこうで、ワッセ、ワッセ、どよめきがきこえ、何だろうと近づいていくと、ふんどし姿の大人たちが鏡のように凪いだ海面に巨大な縄の輪をうかべ、あっちへこっちへと引っぱっている。研作はいったい何が起きているのかわからなかったが、とんでもない出来事に立ち合っている気がして、知らぬ間に自分でもワッセワッセと声をあげて、縄の端を摑んでいた。海面に静かに浮かびあがった満月に、この縄の輪っかがうまく重なったとき、自分たちの願いはすべて叶うにちがいない。研作はそう思い目をこらして縄と満ちたりた月をみつめたが、フウ、祖母が吐息をついて絵筆を置くと、生き生き動いていた満月と波はとまった。晩ごはんはいわしの煮つけだった。研作は満月に自分だったらどんな願いごとをするだろうか考えているうちに寝入ってしまった。

翌日は、だだっ広い芝生の上でごろごろ転がりたくなって遊んでいると、まわりを鳩に取りかこまれた。鳩に餌をやっている女性に近づいて手をさしだすとパンくずをくれた。頭上にパッと投げあげたパンの欠片にいっせいにハトたちが飛びたち、バタバタバタバタと羽ばたく音がして、気がつくとハトたちはすべて百合の花に変わっていた。

二本足の黒猫が歩いてくる。研作はそんな動物はみたことなかったけれど、ずっと昔からの親友のような気がした。猫のうしろには宝石のような瞳をこちらに向けた茶色い馬がいた。背をむけた男が川で馬の背を洗ってやっている。絵の具が乾きらないうちに、ザブザブ馬の背に水をかけるので、馬は気分が落ちつかず、何頭にも何頭にも分かれていってしまう。

研作の遊び場所はこんなだから無限だった。祖母の隣に座って目の前をみつめているだけで、何十年でも何百キロでも自由に旅ができた。七歳の誕生日、祖母はあいかわらず絵を描いていたが、それは研作の真正面からの利発そうな肖像画だった。

「おめでとうケンサククン」

祖母はキャンバスの裏に誇らしげにそう書いた。

光があふれ、粒のように画布からこぼれおち、頬や額にプツプツと当たる。光を全身にまとって、はじめて入る気のしない薄暗い森を歩いていた。鳥の声や黒猫の声がときどき木の上から響いてくるけれども、研作は今日はそういうものと会うのではないんだと、強い歩調で森の奥へ奥へと入っていった。ほの明るく光っている場所に出、白い顔に紫色の半纏の着物をきた女の子が立っていた。研作は近づいていき、ぼく研作、きみは？　わたしシスコ、女の子はいった。変な名前、研作は一瞬おもったが、シスコシスコシスコシスコいっているうちにその響きが気にいった。ぼく七歳、研作がいうと、わたし五歳、シスコはいって笑った。研作はこの少女の手をいつのまに握っていたのかよく覚えていない。

われに返ると二人は森の小道を手を取りあって駆けだしていて、背後からとんでもなく恐ろしいものがのたくり追いかけてくるのだ。森の木を打ちたおし、グロングロン、妙な鳴き声をあげながら、茶色い筋の入った長いものが研作とシスコを追いかけてくる。研作は必死で逃げた。シスコは真剣だったけれど、少し笑っているようにもみえた。森の木々が薄くなってきても、うしろから迫りくる恐ろしいものの気配は薄れなかった。研作は声を限りに祖母の名を呼んだ気がする。するとさっと空に空間がひらき、白いごわごわの手が森のなかにのびてきて、七歳の研作と五歳のシスコを空中へ抱きあげた。

研作がまわりをみまわすと祖母の部屋だった。祖母は背中をむけいつものように絵筆を動かしている。前へまわりこんでみるといつもと違うところがあった。八十六歳の祖母は五歳のシスコを膝に抱えたまま、こぼれおちそうな笑みを浮かべながらキャンバスに向かっていた。

京都・ギャルリー宮脇　二〇一一年三月六日（日）
塔本シスコ展「七回忌展」

第三十六話

屋敷

恵比寿にあるナディッフビルの三階、トラウマリスのエレベーターのドアが開き、古い屋敷が店に入ってきた。住吉智恵は驚き、

「ちょっとアンタなんで建物のくせにバーにくんのよ」

屋敷は無視して、店じゅうに散らばった。

「ちょっとおねえさん。うちにあった風呂が壊れたけん作り直してくれんね」

屋敷は香川県の方言でいった。

「なんであたしがそんなことしないといけないのよ」

智恵はむくれた。屋敷はフイと智恵に向き直り、

「作り直してくれんと、うちの庭のカエルを頭に乗せるけん、ええかね」

智恵は真っ青になってブルブルふるえだした。生まれつきカエルとかぐにゃぐにゃした感じの生き物が心底嫌いだ。智恵はむくれた顔のまま近所のホームセンターに向かい、板材を買いそろえ、風呂をつくった。屋敷の庭の至るところで土ガエルがゲーコゲーコ嬉しげに鳴いている。

「あんたらのために作ったんじゃないのよ」

智恵はカエルの方を見ないようにしていった。屋敷は、出来たての風呂桶のなかで手足を伸ばし、アーウと息をついた。

そのとき、グラリ、と空間が歪んだ。智恵は誰かの巨大な手がナディッフビルをわしづかんで上下左右にぶんまわしているかと思った。揺れは長くつづき、住吉智恵の買いあつめたアートコレクション、食器の棚は粉々になった。屋敷も店内から放りだされ、ぐらぐらと余震のつづく地面でばらばらになった。

智恵はハッとして、階段を使って外に降りていった。屋敷の残骸がビルの周囲にだだっ広く散らばっている。何が起きたか智恵はしばらくわからなかった。ビルの裏手から、身長三十センチほどの老人が現れたとき、智恵はもちろん目を疑ったが、そういうこともまああるかも、という気持ちが湧いた。それでなくては現代アートなどやっていられない。老人は見覚えのある風体をしていた。エビスさまである。智恵はおぼろげな記憶のなかで、エビスとは海の神様であることをおもいだした。

「残骸を集めて」

とエビスはいった。

「たくさんたくさんの風呂桶を作りんさい」

なぜか讃岐弁だ。智恵はまた、どうしてわたしがそんなこと、といいそうになったが、なにか腹の底から湧いてくるものがあり、ビルの倉庫から取ってきた金槌と釘を握りしめた。エビスも手伝ってくれた。やがて何百何千という湯船が恵比寿の土地に並んだ。どうするのかな、と智恵がみていると、エビスは釣竿を高々と掲げ、まず西そして北東の方を指し示し、大きく大きく振った。釣り竿がしなり、ブワンブワンと音をたてているうち、まわりは一気に大海原になった。

智恵はエビスとともに風呂桶のひとつに乗り、黒潮の勢いでぐんぐんさかのぼった。何百何千の湯船の底で、景気づけにカエルたちがグーエグーエと声をあげている。湯船の船団はヒリヒリする水が流れているあたりを通りこし、様々な家具やふとん、紙、木材が、空から町が落下したように点在している沖合にきた。

カエルたちが次々に飛びこんでいく。ア、土ガエルなのに、智恵は思った。カエルたちは躊躇せず次々に飛びこんでいく。すると、そのかわりに、海の中から白っぽいものがふわふわと浮かんできて、湯船につぎつぎと移ってくるのがみえた。エビスはゆっくりゆっくりと竿を振りつづけている。何百何千の湯船はいつのまにか何万にも増え、その上にまるで淡雪のように、ふわふわと白い光が降りそそいだ。そうして光の雨が止むと、エビスは頷き、ゆっくりと振りかえると、

「西へ」

といった。智恵はうなずき、

「西ね」

といった。エビスがピンと竿を向けると、光の玉をのせた何万の船団が黒潮をけたてて進みはじめた。房総沖、静岡、名古屋、瀬戸内海にはいって、一路讃岐の浜へ。仁尾町は日本でもっとも日照時間が長いとされている上に、瀬戸内海は今日も鏡のように平らかに凪いできらきら銀色に輝いている。

エビスと智恵は力を合わせて湯船を仁尾の高台に運んだ。

「サーテ」

エビスはいった。

「ここにもう一度屋敷を建てるんじゃ」

「誰が」

智恵はいったが、そんなこともうとうにわかっていた。

湯船をすべて壊し、屋敷が再び組み上がるまで、光の玉たちは塩田の浜にころころ転がって、気持ちよさそうに四国の陽射しをあびた。完成した屋敷は、現代アートとはかけはなれていたが、それでも立派な家じゃ、とエビスはうなずいた。なんでわたしがこんなことしなくちゃいけないのよ、といつもの口癖をかみ殺しながら、住吉智恵は、今日もころころ遊びまわる光の玉たちのために豚汁を作り、たったひとつだけ残しておいた湯船に浸かった、エビスの背中を、ヘチマでごしごしこすってやっているのだ。

東京・恵比寿トラウマリス　二〇一二年五月八日(日)
石井孝典展「Ｎｉｏ　ヤドリの石」

第三十七話
芝生

三月十日うちに赤ん坊がうまれた。名前は一に太いと書いて一太とつけた。一太はうまれてすぐものすごくよく泣く赤ん坊で、難産だった妻はほとんど半死半生だったから、オレがずいぶん抱っこして過ごすことになった。テレビや新聞なんて見ているヒマがない。だから三ヶ月経ったとき、何気なくテレビをつけ、一体何が起こっているのだろうとあんぐり口を開けた。シイベルトとかベクレルとかいったい何の意味だ。この背中の皮がよくベクレルとかそんな風に使うわけではないらしい。

一週間テレビ漬けになって、だんだんと何が起きていたのかオレは分かってきた。

一太は相変わらずブンブンよく泣くけれど、オレの愛用のウクレレで、咲いた咲いたチューリップの花が、並んだ並んだ赤白黄色、と耳元で鳴らしてやると、手足を前にあげてキャハキャハ笑うようにもなった。ベクレルとかシーベルトとかはこの一太なんかに特に関係があるらしい。

そしてある週刊誌の記事を読んでオレは愕然とした。銚子沖から相模湾の海底に生えている海藻、とこぶし、そういったものがたいへん悲しいことになっている。そしてサバ、オレはサバさえあればこの世で一太と嫁と三人でなんとか微笑みを浮かべながらやっていかれると思うほど、サバが好きだ。そのサバが今大変な危機に面している。オレは漢字が苦手なので詳しいことはよく分からないけれど、なんでも、カコカコ流れ出している液体をとめることができれば海藻やトコブシもよみがえりサバもOKらしい。オレはない知恵を絞り、ウクレレを片手に友人の戌井昭人に電話をかけた。鉄割なんたらというパフォーマンス集団を率いている。

オレと鉄割集団はバスに揺られ問題の海辺に行ってみた。

「さあ戌井くん、ここで思いっきりつまらない、寒ーいギャグをやってくれ。オレがウクレレで伴奏をつけるから」

「えーっ、ちょっとそれむずかしいっすよ」

言いながら人助けの好きな戌井君は、今オナラしたのだれ、へへー、ぼく。みたいなどうしようもないダジャレを連発し始めた。

しかし、鉄割をやっているだけあって、中途半端に面白い。

「あかんあかん、もっともっとつまらない、寒い寒いギャグやないと」

「なんでですか！」

芸に厳しい戌井君はオレにくってかかった。オレは面と向かい、

「そうしたら流れ出てる変な液体がいつか凍り付くかもしれへんやないか」

「あんたほんとにそんなこと信じてるんですか」

その時、背後に広がっている芝生の上を、サワサワサワサワサワ、なにかが進んでくる音と気配がした。よくよく見ているととても小さな生き物達の群れで、先頭にはなんとうちの一太がいるじゃないか。

「一太一太、おまえまだ三ヶ月も経たへんのになんでハイハイができるんや、ていうかハイハイでこんなところまで」

「いいじゃん、とうちゃん」

二ヶ月の一太がしゃべったものだからオレはムギュッと口を結んで突っ立ってしまった。

「いいじゃん、とうちゃん、しゃべっても」

「おまえひょっとしてファンタジーの一太か」

「ウン」

一太は頷き、

「でも、小説の中のファンタジーはリアルだよ」

と言った。一太の後ろには十人、二十人、いや百人、二百人赤ん坊がいて、俺のさらに向こうの海岸線を目指してはい進んでいく。赤ん坊独特の本能で、這っていかなくては気が済まないのだと俺は瞬時に分かった。赤ん坊はウソがつけない、ごまかしや先延ばしをする能力がない、一心不乱に何ができるということもなく、ただ己の赤ん坊性に身を任せ、赤ん坊として海岸線へとサワサワサワサワと這っていく。でも、このままこいつらを行かせるわけにはいかない。

オレはやはり本能に身を任せたのだと思う。考えもせず、ひたすら一太の背中を見つめながら脇においたウクレレを取り上げた。激しく腕を振り上げたが、音はいつもどおり耳元で鳴らすくらいの音量だった。

さいた　さいた　チューリップのはなが
ならんだ　ならんだ　あかしろ　きいろ
どの花みても　なあ、一太！　きれいだな！

一太が立ち止まりじっとこちらを振り返っている。他の赤ん坊たちもはいはいをやめ、芝生の上でこちらに方向転換した。

オレはウクレレだけでなくそこらに転がってるもの片っ端から鳴らし始めた。赤ん坊たちの顔が輝き手足をばたばたさせてる。オレは全身で音を鳴らす。そんな本能に身を委ね、まるでオレたちは川音みたいに芝生の上に流れていった。

カエルが鳴き始め、木の中からムクドリがさわっと飛び立つ。フ、赤ん坊の後ろで戌井君はじめ、鉄割アルバトロスケットが本気のパフォーマンスを見せ始めた。次々にマイクロバスが到着し、ばかでかいベースを抱えたミュージシャンやイタリア料理のコック、ラーメン屋の主人、ビデオアーチストや小説家が、芝生の上でそれぞれのことをはじめた。音が弾け、かぐわしい香気がそこいらであがり、小説家はよくわからない言葉を、けれどなにか本能のようなものによって、空気の中に流している。コックはコックの仕事、料理人は料理人の仕事、カエルはカエルらしく、赤ん坊は赤ん坊そのものとしてごまかしなく、必死で芝生の上を跳ねはじめた。
オレはウクレレを鳴らしながら簡単なことに気が付いていた。目に見えない気色悪いことには目に見えない気持ちいいことで対抗するしかないのだ。赤ん坊がキャハキャハ手足を動かし、スパゲティがゆであがり、鉄割がパフォーマンスを終えて一礼した。けれども夜は続いた。オレたちは全員一匹ずつのミミズやおたまじゃくしのようになって、暗闇に沈む芝生の上を真夜中まで這い続けた。

茨城・笠間芸術の森公園　二〇一一年五月二十八日（土）
「Ｓｅｎｓｅ ｏｆ Ｗｏｎｄｅｒ」共演　鉄割アルバトロスケット

第三十八話 福島

四月八日（晴れ）

今日、新学期がはじまって福島君が転校してきた。福島君は体格がとてもよく、恥ずかしそうな顔でかわった話しかたをします。ふるさとの近所が目に見えないイヤーな感じのもののせいで、いられなくなってしまったから、福島くんはおかあさんの実家があるこの左京区へこしてきたのです。おとうさんはまだふるさとに残ってて、福島の人としてやらないといけないことをすましてからあとでくる、といっているそうですが、そのあと、ていうのがいつのことなんか、福島くんにもわかってないみたいです。先生は指さして、私のとなりに福島くんをすわらせました。

「こんにちは」

「あ、こんにちは」

福島くんはじっとうつむいて、けど顔は少し笑っています。

「わからへんことあったらなんでもうちにきいてね」

「あ、じゃあ、名前とか？」

「あ、うち京都」

「フーン、福島です」

「それしってる」

「ア、そうか」

みたいなむだ話のなかでだんだん福島くんがわかってくる。ほんとうはふるさとのままで住んでいたかったのに、友達やリスや小鳥なんかとはなれたくなかったのに。休み時間、福島くんのまわりに人だかりができます。みんなやっぱりききたいのは、あの目にはみえないイヤーな感じのもののこと。それは福島くんもしらないうちに福島にはいっていたので、正直要領をえないけれど、福島にはまだうちらと同い年くらいの子がようさんいてて、家のことや仕事や学校のことでよそにいけないのです。フーン。みんな黙っています。福井くんや大分くんは他人ごとじゃない顔をしていますが、だんだん四国のみんなや沖縄くんなんかと福島くんも明るくうちとけ、サッカーの話やアニメの話で元気にもりあがっていました。給食のとき、福島くんはひとり喜多方ラーメンを食べていました。

七月七日（くもり）

今日七夕だから笹取りにいこうと、鴨川の河原にいきました。芝生のところにすわってる人がいるなあと思ったら、福島くんでした。

「福島くん――」

「ア、京都ちゃん」

「なにしてんのん、こんなとこでひとりで」

見ると福島くんの脇にギターが一本おいてあります。

「ナア、ひけんのん」

「エ、マア」

「ひいてひいて」

「エ、な、なに？」

「ウーンと、いまうち踊りならってんねんけど、『藤娘』の三味線やって」

「そんなんムリだよ」

福島くんはギターを手にとり指でひきながら歌いだしました。

「うさぎおーいしかーのやーま、こーぶーなつーりし、かーのーかーわ」

驚いたのはそのギターの音です。ものすごい、耳をつんざくような轟音がして、うちは思わず耳をおさえました。

「ア、ゴメン」

福島くんは腕の勢いを少しゆるめ、するとギターの音は、ゴー、ゴー、と流れる水音になりました。

「これ生ギターでしょ」

「ウン」

「電気つかってないのにボリュームが変わるの？」

ウーン、福島くんは少し考え、

「さっきのは雷で、いまのは、山の中の川音だから」

「へー」

福島くんはギターを持ちあげて、

「オレ、自分のところの音しか出せないからさ、ギター弾いて鳴るのって全部、自然の物音なんだよ」

「エ、じゃあ、鳥ひけるの」

福島くんが軽く弦をなでおろすと、木のボディがピピピピピとさえずりました。私はもうギターがこわくなかった。福島くんが思いっきりかきならす東北の雷の音にあわせて、ふたり、「ふるさと」を声がかれるまで歌いました。

八月十五日（すごいハレ）
今日、福島くんといっしょに銀閣寺の参道へいきました。明日の夜、大文字に使われるごま木にお願いを書きにいったのです。受付のところでおじさん、おばさんがダラダラに汗を流して墨まみれの薪をうけとっています。福島くんはおじさんのひとりに、アノーこれ、といってお母さんから渡されたままの薪の束をさしだしました。よかったら、これ使ってもらえませんか……。おじさんはじーっと薪、そして福島くんをみくらべ、そしてほとんど泣きそうな顔になって、わるいなあ、ボン、その薪な、送り火には使えへんのや、と絞りだすようにいいました。福島くんは黙って立っています。この世の真ん中にたったひとりで立ちつくしている黒い影みたいに。私は京都です。だから私は、私にひっこしてきた福島くんのために、できることは全部やらなきゃと思いました。福島くんと別れ、夜中までいろんなところに電話をかけまくりました。

八月十六日（とてもハレ）

夜になってしょんぼりが抜けない福島くんの手を握って、丸太町の駅のそばにあるうすぐらい場所にいきました。ドアをあけるとパッと光が走り、浮かびあがったのはうちの、京都の、音楽ステージでした。舞台の上にはなつかしい顔がたくさんいます。ザ・フォーク・クルセダーズ、岡林さん、高田さんに高石さん、やせた体の村八分、ＩＮＵ、ＥＰ-４、あ、友部さんもきてくれたんですね。福島くんは圧倒されながら、キョトキョトあたりをみまわして、すごくうれしそうです。なかでも、なんとスターリンがいるじゃないか。知ってるんでしょ、うちがきくと、福島くんはウンとうなずき、遠藤ミチロウさんにおずおず手をふりました。もう爆竹はなげてこないから大丈夫。そうしてみんな目くばせをしあい、一斉にギターをドラムを、そしてマイクを握りうたいだしました。エレクトリックの楽器はひとつもありません。全部生音の音楽です。

「うーさーぎおーいしかーのやーま」

雷鳴が走り、雨が降ってきます。

「こーぶーなつーりしかーのかーわー」

海が逆巻き波頭がきらめいている。海面全体が喜びに沸きあがっているようにみえます。

「ゆーめーはいーまーも」

と歌がつづいているところにドアがパタンと開き、半透明になったからだのハラカミレイがやってきて、

「アノ、オレ、も混ぜてもらっていい」

もちろーん、おいで。うちがいうと、みんなひとつの光の中に入ったみたいになって、気がついたらふるさとのメロディのまま、わたしたちは店の外、鴨川の河原でびんびん輝きながらうたってた。

五山の送り火は遠くに輝き、うちらの音を浴びて、ゆっくりと炎の字が夜空に浮きあがるのがみえた。大、妙、法、船、形、鳥居形、左の大、それぞれの線がバラ、バラ、と解け、音楽のなかで別の形に組みあわさっていく。目にみえないすっごく気持ち悪いものには目に見えないすっごく気持ちのいいもので対抗するしかないと、誰かが言ったのを思い出す。うちらは京都の底から目に見えない光の波を夜空に向かって送り続けた。

夜の十時頃、五山送り火の炎の線は夜空いっぱいに広がってカタカナの「フ」と「ク」と「シ」と「マ」の形をとった。

「よかったね！　福島くん」

隣にもう彼はいなかった。ふるさとのメロディーにのって、きっと今頃本当のふるさとに帰っているだろう。ひょっとしてそこは、目に見えない光のふるさとなのかもしれないけれど。

京都・京都クラブメトロ　二〇一一年八月十五日（月）
「8・15世界同時多発イベントＦＵＫＵＳＨＩＭＡ！」

第三十九話　ギター

大友くんは今日も二時間目から早弁しています。うしろの席では高田くんが発明品のラジオをいじっています。大友くんは退屈のあまり、前の席のいしいくんに何度も消しゴムを投げつけるのでしたが、普段ノリのいい、すぐうしろを振りかえって一緒に馬鹿話をしてくれるいしいくんが、今日は一時間目から柄にもなくノートに向きあっていて、大友くんは弁当を平らげてしまうともうすることがありません。勉強しようという考えはないようです。大友くんは高田くん、いしいくんに比べて多少学年が上なのですけど、なぜ同じクラスに座っているか、という点も、早弁、そしてまるで黒板を向かないことでもわかりますね。

不意に窓の外を大友くんは見た、といって始終窓の外を見ているのですが、

「あっ」

大友くんは思わず呟き、いしいくんを突っつこうとしましたが、思いなおし、うしろの高田くんを振りかえり、

「オイ、今の見た」

といった。

「エッ、なんですか」

同級生なのに敬語。

「いまさ、校庭のところ走ってってったのいたじゃん」

「エ、見てなかった」

ラジオがピーピーいっています。

「なんか変なのが走ってってったんだよ。講堂に駆けこんでったの見なかった」

「イヤ……見ませんでした」

大友くんは古い講堂の入口をじっと見つめ、そして秘密をさぐりあてた少年の顔で、

「休み時間、いってみようぜ、なっ」

といった。

昼休みになり、それでもいしいくんは机から離れようとしません。高田くん大友くんは階段を駆けおりてグラウンドに出ました。空には灰色の雲が渦まき、遠いところから風が吹きこんで、土くさい匂いを漂わせています。大友くんと高田くんは息をつめて講堂に駆けこみました。

薄暗い講堂の端のほうに薄明かりを浴びてそれは立っていました。生来臆病なたちではあるのですが、年下の同級生高田くんの手前、大友くんはわざと大股であいていき、立っているその相手に声をかけた。

「あ、あの……」

それがふっと振りむく。

「あの……なんかからだが、ギターみたいに見えるんすけど」

「ああそうだよ」

そのものは答えました。

「だって私はギターだからね」

高田くんは息を呑んで見つめています。科学少年の高田くんの常識を打ち破る現象がまさしくいま目の前に。

「なんなら弾いてみるかい」

ギターはふたりにほのかに笑ったように見えました。大友くんは冷えびえとした手をネックにのばし、えいや、と胸でつぶやいて、ギターを抱えました。

それからしばらく演奏講座が始まった。Fはこう、Aはこう、Emも簡単。けど大友くんの指でさえなかなか押さえきれないコードもあります。渡された高田くんは一見そんなに力を入れていないのに、正確に弦をおさえどのコードも明瞭によく響きます。薄暗い講堂の空気をフッフッフッと五弦でふるわせながら、ふたりともけっこう筋がいいね、とギターはいいました。といって、ギター本人からギターを教わっているのだから誰でも上達が早いのかもしれない。ストローク、アルペジオ、教えられるまま弾きつづけ、大友くん高田くんは、だんだんとその場の空気を震わせているのが、手元のこのギター弦だけでないような気がしてきました。目を閉じてみるとギターの奥に、マンドリン、鈴、鉄琴や木琴、オルガンやリコーダーの音まで響いている、そんな膨らみが聞こえます。

八十年前、五十年前、三十年前、変わらずこの場所は小学校で、男組女組という風にクラス分けされ、後には人数も減り、いろはぐらいで組の数は限られてしまった。けれども講堂にはいつも小学生が膝を抱えて集まり、音楽に耳をそばだてていたのです。百年、五十年を越えて、大友くんと高田くんは何百何千何万という小学生と、たった今、合奏しているという感覚にとらわれていました。それはすべて、この不思議なギターのせいだったかもしれない。ギターを弾きおえると、小学生たちの気配は消え、かわりに、自分たちのいるこの講堂だけが宙に浮き、学校とは別の場所に存在している、そんな思いにとらわれました。

ギターがふたりを見上げ、

「ありがとう、私をそんなに弾いてくれて。私には今いろいろな場所の音が聞こえているよ。君たちふたりにも、その場所を見てもらおうと思う。ちょっと怖いかもしれないが、我慢してほしい。君たちにいっておきたいのは、音楽とは、耳にきこえている音だけじゃない、ということだ。いいか、いくよ」

その瞬間、講堂は一本の光となって、この星の上空を一気に飛びまわった。チベットで上がる煙、リビアの燃える油田、寄せてはまた返ってくる大津波。大友くんと高田くんは目を背けたかったが、それぞれギター、講堂と溶けあってしまい、目がどこかもわからない。黒い土地の上を砲弾が飛びかい、薄暗い路地の奥で、誰かが注射器をバリバリ踏んで逃げていく音がする。大友くんが見知っているなつかしいふるさとは、目にみえない、気色のわるい煙で向こうが見えなくなっているくらいだ。

ギターは叫んだ。

「聞こえるか、聞こえるか、こんなところにも音楽はある。外にあるんじゃなくて、誰かのを聞きとるのでなくて、すべてのギターの音はきみらふたりの中に響いているんだ。それが本当の音楽だよ。ほんとうの音楽が聞こえているうちは、この世も、きみらも、けして取りかえしのつかないことにはならない。でもいいか、音を鳴らしつづけないといけないんだ。いいか。わかったか」

高田くんは正直わからないところもあったのですが、内側の衝動を感じてうなずき、大友くんも同時にうなずいて、ハイ、と声をだし、その瞬間、大友くんはギターの音になりました。高田くんはラジオの甲高い音波になった。ふたりは絡みあいながら成層圏まで達し、何千年後の雨粒のようにこの星の上に降りそそいだ。

そのうちのひと粒が、小学校にも降ってきました。

「あれ雨だ」

大友くんは窓を見ながらふとつぶやきました。

「あ、そうでしょう」

高田くんが自慢げに発明品のラジオを持ちあげ、

「台風が近付いてきてるってさっきいってたからね」

大友くんは、一時間目からずっと前をむいたままのいしいくんに消しゴムを投げようとして、机をみると消しゴムがもうありません。かわりにプラスティックのつめの形の、なんだか見おぼえのあるようなないような欠片がおちていて、それをいしいくんの坊主頭に投げつけます。瞬間、

「できた」

といしいくんは声をあげ、いつものように元気に大友くん、高田くんを振りかえりました。そしていった。

「朝からずっと大友くんと高田くんが主人公のお話、書いてたんやんか。『ギター』いう題名やねん。ちょっと読んでみる?」

京都・立誠小学校　二〇一二年九月三日(土)

〝スキマアワー〟「学校で教わらなかった音楽」　共演 大友良英・高田漣

第四十話
森

男はジュネーブの繁華な街路を人を避けながら歩き、とある古いレンガ造りのアパートの前に立った。ドアベルを押す。ピーと音がしてカギが外れる。狭い階段を男はひとりのぼっていく。緊張を覚えていないわけではない。はじめて画家本人に会うときはいつもそうだ。絵と画家とがピタリと一致するときもあれば、そうでないときもある。男は三日前ジュネーブのフリースペースでその画家の絵をみたばかりだった。見た瞬間、心のどこかがもっていかれた気分になり、即座に連絡を取らないではいられなくなった。

五〇一号室。もう一度ドアベルをおす。ガチャリ、と戸が開き、顔をのぞかせた相手は、まるでずっと前から知っている旧友を迎えいれるような表情を浮かべ、腕を広げた。男もなぜか同じ気持ちになった。両頰に軽くキスをかわし、招かれるまま室内へ、すぐそこがアトリエだった。大きなガラスからヨーロッパ特有の白みをおびた日ざしが斜めにさしこんでいた。

男は英語で、はじめまして、といった。画家はフランス語で、はじめまして、といった。フランス語しかしゃべれないとは、電話をつないでくれた市役所の人間が教えてくれていた。男はそれでも、英語、ジェスチャー、様々な手段で、自分が京都からきたこと、画廊を営んでいること、その画廊であなたの個展を開きたいことをゆっくり説明していった。画家はうん、うん、と頷き、黙ってきいている。伝わっているのかな、男は思ったが、イヤ、絶対伝わっている、という確信が腹の底からわいてきた。説明を中断し、男は画家、年齢は自分よりいくつ上だろうか、豊かな髪の毛を後ろで束ねている女性にむかって、はじめて会った気がしないですね、と日本語で言ってみた。画家はやはり、じっと男の口をみて聞いていたが、ゆっくりと微笑んで、モア、オスィ、とつぶやいた。

壁には近作がずらりと並び、床にも乱雑にキャンバスやボール紙、新聞の束などが積み上がっている。もっとも大きなキャンバスの前に男は立ち、絵の中心、周縁、中心、周縁と、ゆっくり視線をめぐらしていった。やはり不思議に懐かしい絵だった。小さな生きものが何百何千とうごめき、楽しげなささやきを交わしあっているようにみえる。あるいは、自分の体の内側を、内なる目玉で見ることができればこんな風だろうか。

男ははっとした。絵の隅々が風をうけたようにそよぎだした気がしたのだ。それは錯覚ではなかった。絵の具の一筋一筋、すべての陰影がさやさやと動き、まるで木の樹冠が風をうけて揺れているようだ。森、と男は内心でつぶやいた。俺は今、薄暗い森にいて、小さな生きものたちの息をききながら、ポカンと口をあけて大木をみあげているのだ。

「どうしたの」

隣で声がし、振り返ると、ボロ布を肩にひっかけただけの二十歳くらいの少女が立っている。木を見上げていた少年には少女の言葉が理解できなかった。中学に入って英語を覚えはじめたばかりだし、それにこの薄暗い森に圧倒され息もつまっている。小さい頃から慣れ親しんだ糺の森や御苑とは、なんと違った空気の重みだろう。

「ついてきたら」

毛の長い外国人の少女はいった。少年は意味がわからなかったが、なんとなく気が許せる感じもあったので後ろをついていった。森はどんどん深くなる。いつのまにこんな恐ろしいところに来てしまったんだろう。辺りをいくらみわたしても樹木、樹木、樹木。

少女は焚き火を組んだ場所まで来ると丸太に座り、少年にりんごを差し出した。強烈に腹が減っていたので三口で食べ終えた。その夜は焚き火のそばで眠りについた。少女は毎朝起きると、てのひらに泥や木の葉を塗りつけ、剝き出しの岩の上に模様を作る、ということをやる。少年はすることもないのでじっと見ている。見ているのに飽きたら、木の実を採りにいったり魚を獲りにいったりする。

ある夜、少女が岩に描いた模様が焚き火の明かりを受けて踊っているように見え、少年は食い入るように見つめた。太古から森に住まう生きものたちの写し絵に見えた。

「絵が生きてる」

少年が呟くと、少女は黙ってその口を見つめ、ゆっくりと破顔した。

それから少年は、少女が作る絵を見るのがなにより楽しみになった。成長するにつれ、目も森になれ、弓矢の扱いも正確になってくる。二十を過ぎ、三十を過ぎ、少年というより一人前の男になっていったが、ふたりの暮らしにカレンダーや時計など何の関係もない。森と、そこに折り重なる絵の時間が漂っているだけだ。

ある日、川の向こうにいってくる、男がジェスチャーでそう告げると、女は深々と頷いた。手は岩の上に絵を描きつづけている。

川にリズミカルに配置された飛び石を渡っているとき、男は不意に、これまで感じたことのない熱気を頭上に覚えた。それは、世界がたった今割れている、というか、内と外が裏返り、その動きがくりかえされる、というか、生あたたかい、太陽より近いものが空の上にある。まるで天上から透明な目が森をじっと見下ろしているかのようだ。はっと身をすくめた瞬間飛び石から足がすべった。奔流が男の体を運び、滝を越えた瞬間、何もわからなくなった。覚えているのは、自分の周りを流れているのがただの川水でなく、もっと色とりどりの、自在に伸び縮みするジェル状のもののような気がしたことだ。

ジュネーブの公園の芝生にうつ伏せた男は、芝に手をついて立ちあがった。時計を見る。まだ遅れてはいない。人が行き交う繁華な通りを慌てて渡り、古いレンガのアパートの前に立つ。はじめて画家とあうときはやはり軽く緊張する。

五〇一号室。戸を開けた女性の画家は、まるで懐かしい誰かを迎え入れるような表情を浮かべて男を招き入れた。画家が描き溜めた絵をひとわたり見たあと、男は画家に、日本語でもフランス語でもない、いつ覚えたか分からない言葉で、はじめて会った気がしませんね、と声をかけた。画家はにっこりと笑い、すぐさま同じ言葉で、私もよ、と答えた。

京都・ギャルリー宮脇　二〇一一年十月二十八日（金）

「ジーン・マンに捧げる」

第四十一話

波が来た、と思った瞬間男はもう流されていた。それからしばらくのことは一切何も憶えていない。

　何かにすがりつくような姿勢で目を開き、ゆっくりと体をもたげた男は、辺りを見回し、そこが長い長い砂浜であることに気がついた。浜から見て左手に、いまではもう見られない木造の鐘楼のような、三階四階の建物がずらりと並んでいる。三味線や歌う声も海風に乗ってそちらから流れてくるようだ。なつかしい、と男は一瞬思い、そのとき、自分がいったいどこからやってきたか、いつ生まれたかすら、なんにも覚えていないことに気がついた。名前すらわからない。見まわすと、なんの変哲もないワイシャツ、スラックスを身につけていて、全身は海水でびしょ濡れだ。

「オイ、なにしよんの」

間近で声がし、男はハッと振りむいたが、その瞬間、盛りあがった土のかたまりかと思っていたところから、男がふたりピョンピョンと飛びだしたので、非常に驚いた。左に立つ男は小肥りで中国人みたいななりをしており、右の痩せ男は水兵の扮装でニヤニヤ笑っている。

男は立ちあがり、「ここどこですか」と、とある地方の強い訛りでいった。中国服のほうが「別府や」といった。男はその地名に聞き覚えがあると思った。やはりなんとなくなつかしい。

「あなたたちの名前は？」とやはり強い訛りで尋ねると、太ったほうが、「オレはクマ」といった。やせたほうは「オレはハチ」といった。見ればまわりの浜の砂のでっぱった部分は全部が全部、仰向いたりうつぶせたり、思い思いの格好で寝そべった男女で、それが全身、あられもない素ッ裸である。足を楽しげにバタバタと動かし、遠泳の練習のような身のこなしで笑っている。

「サアいこう」クマがいった。

「どこへ」と男がたずねると、ハチがフフフと笑い、「お湯だよ」といった。砂浜の前にもう見なくなった形のバスがとまり、白い手袋の女学生が手招きしている。三人は乗りこんだ。全裸の男女が一斉に手を振る。発車オーライ、女学生がひばりの声で呼びあげる。バスは団子屋の前を通り、映画館、スケートリンク、柘植（つげ）の櫛（くし）屋の前に女たちの人だかりがしている。

クマが目を細め、「川を渡る」といった。バスが川を渡るとき、岸に順々とヤシの木が生えているのが見えた。ハチがフッフッフと笑い、「ヤシの寿命は五十年ときいているが、まああいつらは大丈夫だよ」といった。

バスを降りると男はひとりだったが、まわりには見慣れない格好の男女がひしめきあい、わんわん耳鳴りがするくらいの賑わいだ。女性は皆着物姿、男性はひげ面に帽子を被り、しかつめらしい顔をしながら、目はもう女性の尻をまさぐっている。

「どこだここは」男はそっとつぶやいた。全員が一斉に振りかえり、「だから別府や」といった。男は喧噪の中を歩きだした。

とある日本家屋の玄関先に、いやに背の低いサムライがいるな、と近寄ってみたら、竹細工を組合わせて作った人形だった。奥にはお雛さまや、虚無僧（こむそう）の人形もいる。いっそうきれいな見とれるような人形があって、ホー、と立ち尽くしていたら、オイデ、オイデ、と右手で招く。これは本物だった。男は建物の二階にあがって男として誰もがやることをした。

そのあと人形に似た女が手拭いを貸してくれた。

「ちょっと入ってきたら」

男は浴衣姿で手拭いをひっかけ、店の急な階段を降りていき、浴衣を脱衣籠に入れて湯に足を浸けた。熱い……。えらく熱い。が、口を結んで入っていくと、これがまた心地よい。まわりにぎっしり人の影が見え、ザワザワザワザワ、大阪の訛りだろうか、あれは伊予の訛りか。男はなにか肝心な、忘れるはずのないことを忘れていたのを、いまじょじょに思い出しつつあるような気がし、しばらく目を瞑って、パッと目を開けたらもう外にいた。

鶏小屋のような板の箱に、白黒三毛の猫がひしめきあってニャーニャー鳴いている。どの猫も押しこめられてはいるが毛並みはよく、とてもかわいがられているものとみえる。そういえばこの別府はどこもかしこも猫ばっかりだな。男が自然にそう思いついた瞬間、小さな少女がトットットットッと駆けてきて、箱の中からいちばん小さなやせたトラ猫を抱きあげ、またトットットッと走りだした。男はなぜかそうしなければと思って少女について小走りに歩いた。

鉄道の音が響いている。木造の駅舎の横に小さな光のトンネルが覗いている。少女は余裕で駆け抜けていくが、男は少し身を屈めて走らなければならなかった。少女がどんどん遠のいていく。猫の声がニャーニャートンネルの中に産声のように響く。サラサラ流れる水音に導かれるように男が進み、そうしてトンネルを抜けたところでハッと立ちどまった。

目の前に銀色のタワーがそびえ、よくよく目をこらすと、それは高さ三十メートルほどの岩場から揺れながら流れ落ちる滝だった。もうもうと湯煙が立っている。男は黙って口を結び、浴衣を脱いで熱い湯に入っていった。

湯煙に隠されていたが、なかには先客が大勢いて、やはりいろいろなことをさまざまなイントネーションで話していた。男はとある声を聞き、アー、と目を洗われたかのようにすべてを理解した。そばで聞こえたのは、自分の生まれた土地の訛りだった。

「オー、ここにいたんか」

ふりかえるとクマとハチが素ッ裸でやはり陽気な風采で首まで湯につかっている。男はじっとふたりを見つめ、そしてあきらかな東北地方のイントネーションで、「オレは生まれた所を思い出したよ」とふたりにいった。

「そうか、よかったな」クマはいった。

男は、いってしまえ、という早口で、「それにオレ、実はもうとっくに死んでしまってるんじゃないかと思うんだけど」といった。

ハチは目をこちらに向け、そしてやっぱりフッフッフッと笑って、「ここは別府だぞ」といった。「どっちでも大丈夫だよ、このお湯のなかでは」。クマはゆっくりとうなずいた。

このお湯のなか。男は銀色に輝いて揺れ動く水面をみた。まわりの人の声が反射してきらめいていているようだった。そこには大阪、伊予から北海道、東北、アメリカやフランスの訛りまでひびいていたが、すべて湯のなかで溶けあい、ひとつになっていた。男は深々と息を吐いた。こんなに深く息を吐くのは、生まれてすぐの時以来かもしれない、と思った。別府とはすべての土地の、もうひとつ別の場所、という意味かもしれない。

「当たり前だよ」クマがいった。「ここは地獄で極楽だもの」

生も死も、男も女も、湯のなかでひとつに溶けていく。男も溶けていった。そして湯の一部になって空を見上げた。うっすらと長細い帯のような筋があって、看板には国道十号線と書かれてあるのが辛うじて見えた。ここは砂浜の底か、温かい、とお湯は思った。その瞬間、きりもみのように真上に噴きあがり、重厚な石の湯船に湧きあがった。

老人がゆっくり腰を屈める。ふうと息をついて肩に湯を注ぎかけ、そして全身を浸すと、「あーいい湯だべ」と独特な訛りで呟く。

大分・永久別府劇場　二〇一一年十一月二十七日（日）
「ベップ・アート・マンス２０１１」

第四十二話
牛

阪神高速道路環状線に牛がいる。そのような通報がなんばの警察署にはいった。交通課の一団がパトカーと白バイで駆けつけてみると、なるほど一頭の牛が戸惑ったような目で自動車の波を見渡し、あきらかに通行を妨害している。牛は牛でも、全長が三メートルはあるだろうか、規格外の大きさの牛を、白バイはウーウーサイレンを鳴らしながら先導していった。

八尾や貝塚の農家に連絡してみたが、そんなでかい牛、もろても餌捨てるだけですわ、といって引き取ってくれない。しょうがないので警察署の真裏の駐車スペースに木で枠を作り、餌を与えて、飼い始めた。名前はオスなのでモー太くんだ。

新聞に登場するや、モー太くんは大変な人気者になった。だいたい大阪の人間というのは、タダで見られるもの、タダで貰えるもの、要するにタダのものに目がない。モー太くんの飼育場はみなに開放されていた上、自由に餌をやってよいことになっていたから、市内からも市外からも、時間に余裕のあるカップルや奥様連中が次々とやってきては、腕によりをかけたサラダや、いろいろな野菜を混ぜこんだおひたしなどを与えた。モー太くんはどんどん大きくなっていった。牛の専門家から見ても、こんなに巨大に成長する牛の種類は世界にも例がない、毛並やからだの形、足の長さなどは、東北で生まれ育った和牛らしい、とのことだった。

モー太くん、モー太くん。子供たちが声をかけると、牛はゆっくりと顔を上げるのだが、その目はどこか遠い別の場所を見ているように、専門家の目には見えた。それは本当だった。モー太くんは子供たちやビルの林立するミナミの風景を見ていたのではない。地面の下、地中深くを見通していたのである。

モー太くんの前脚が力強くアスファルトを蹴る。その地面のはるか遠くに、自分を産み育てた母牛、父牛、きょうだいたち、血の繋がった巨大な牛の仲間たちがいる。仲間たちは、とある日の夕方、地の底の熱に炙られ、耐え難くなって暴れだした。牛たちには制御の利かない、とんでもない暴れかただった。モー太くんはそのとき地上へ弾きだされた。親牛や親戚の群れはそのまま地中で暴れつづけ、そうしてその間、地上には記録的な揺れが襲いつづけた。地上だけでなく地下の岩盤や水脈、そして牛たちのからだもぐじゃぐじゃになった。手負いの牛の群れは一旦は勢いを止めたものの、心はすさび、からだはまだ、ピク、ピク、痙攣をつづけていた。

ビクン。先頭の地中の牛が身をよじり咆哮する。

ズシン。それを感じとったモー太くんは右足を踏みしめる。

ぼくはここにいる、そんなことを伝えようという頭は牛だからない。全身の、いや、からだの底から湧いてくる痙攣のような力に任せているだけだ。

ズウン。また地中が震え、ズシン。またモー太くんがアスファルトを蹴る。

警察署の人々、カップル、おばさんは、あらあら勇ましいわねえ、と微笑んでいるが、手負いの牛たちが日本列島を震えながら南下し、いまにも暴走を始めそうなことには気づいていない。静岡を通り愛知、三重から奈良にさしかかったあたりで、血まみれの牛が長々と吠えた。モー太くんはまわりを見渡したが、地中の異様な変化を感じとったものは誰ひとりとしていない。モー太くんは四肢を振りあげでたらめに、躁状態に陥ったようにアスファルトを踏みつけはじめた。ズシンズシン、ズシンズシン。おー元気だなー。宇和島から見にきた闘牛関係者が首をすくめる。うちの牛たち十頭かかっていってもかなわんなあ。

と、そのとき、警察署の前に止まったマイクロバスから、白い杖を振りあげた青年たちが駆けでてきて、いっせいにモー太くんにとりすがった。バスの腹には「中百舌ろう学校」とかかれてある。青年たちはモー太くんの汗ばむ背中を撫でさすりながら、手にもった杖で、パシパシパシパシ、アスファルトの地面をおもいきり叩きつけた。

集ってきたのはそれだけでなかった。黒いサングラスをずっとはめたままの男女、養老院に入れてもらえない貧困の老人たち、一生を家のなかですごしてきた半身不随の少年、阿倍野の再開発現場から一掃されたシート生活のホームレス、生野の朝鮮学校でいじめぬかれた男子生徒、大和川に流れついた鶏の死骸、ヨドバシカメラからつまみだされた外国人の家族、スマートフォンを使おうにも指をすべて失ってしまった工場の男性、追いやられたハト、カラスたち、大阪湾の海鳥、この地上から行き場を失い、放り出されたすべての大阪関係者がモー太くんをとりまき、杖でサングラスで片腕で、両足のないものはまぼろしの足をつかって、大阪の土地深く耳をすませる暴れ牛たちに向かって、足音を送りつづけた。

牛たちは一頭、また一頭と下を向き、先頭からしずしずと散らばって歩きはじめた。和歌山の方へ、日本海のほうへ、瀬戸内のほうへ、また東北のほうへと帰っていった牛たちもいた。モー太くんは、ばらばらに散っていく家族の誰かと一緒に歩いていきたいとも、どこかへ帰りたいとも思わなかった。牛らしい潤んだ目をあたりに向け、大阪都構想からも、大阪府からも、大阪市からもはじきだされたものたちの列を見やった。ここに大阪がある。モー太くんは考えを反芻しながら考えた。

オレは大阪の牛になったんや。

大阪・心斎橋文学バーリズール　二〇一二年一月十四日（土）
クリエイターズ・ネスト第八回

第四十三話

ピアノ

海に面した公園にそのピアノが打ちあげられたのは一月二十八日の朝だった。公園のすぐそばの小学校に勤める体育教師が、朝練のために浜を走っていてみつけたのである。

キラキラと黒く輝くグランドピアノ。蓋を開けてみると、驚いたことに、十歳ぐらいの少女が横向きに目を瞑ってスウスウ寝息をたてている。体育教師は用務員さんに手伝ってもらって埠頭の歩道をゴロゴロと押し、少女を乗せたままグランドピアノを学校に運んだ。あいている場所は古い講堂しかなかったので、その隅に設置した。少女はやがて目を覚ましたが、前になにがあったのか、まったく口をきこうとしなかった。引き取り手が決まらないうちピアノの下に毛布を敷き、寝泊まりするようになった。

港町気質からか、近隣の住民はよそから入ってくるものに寛大で、しかも声の出せない、いたいけな少女である。髪は両側で三つ編みにして肩に垂らしてある。毎朝毎晩、近所のおかみさんや居酒屋のおやじが、おかずやうどん、やきめしなんかを運んだ。少女はすべて平らげたがまったく太らず、頬の色もピアノに乗って浜に打ちあがったときとまったく変わらず、象牙か模造真珠のようだった。また奇妙なことに、ピアノに乗ってやってきて、ピアノの下で住み暮らしているというのに、少女はまったく、ピアノを弾こうとしなかった。そもそも両手に赤いミトンをずっとはめているので、これでは鍵盤が叩けないではないか。

「かわいそうに。きっとやけどか、ひどい怪我を負ってるんだよ」

用務員のおっさんは、居酒屋のカウンターでひとりじわじわ涙をこぼしながら呟くのだった。

といって、少女の表情が暗かったかというとそうではなく、そばにいると自然に花が開くような笑みを浮かべてしまう大人はたくさんいたし、子どもたちといえば、あたらしい遊びを思いつけば、少女の前に駆けていって、披露せずにはいられなかった。ピアノを習っている女の子たちは、少女の寝ているピアノに忍び足で近づき、そっと鍵盤で音を奏で、目覚めを呼ぶのが楽しみとなった。少女はにっこりと笑って目覚める。さまざまな歌声が、古い講堂にこだました。小学五年六年の生徒たちがうたっているのだった。

少女のお気に入りは、海は広いな大きいな、という歌詞ではじまる有名な歌、そしてなんといっても「われは海の子」である。

我は海の子白波の、さわぐいそべの松原に、煙たなびく苫家(とまや)こそ、我がなつかしき住家なれ。

少女は顔をあげて笑う。子どもたちにその笑みが映りこむ。そのようにして、二月がすぎた。

三月のある日、東の水平線のはるか向こうで紫色の奇妙な光がたった。早朝だったせいで気づいたものはほとんどいなかったが、誰の指も触れていないのに、講堂のピアノがポーン、と一音響き、少女ははっとした顔で目を覚ました。

朝日が昇り、煮炊きの煙が上がるころ、港町の街路に細い絹糸のような声が響いた。

「みなさん逃げて」

「みなさん逃げてください」

みな顔を出して驚いた。少女が口の前で両手を筒にし走りまわりながら懸命に叫んでいる。

「逃げて、火の波がよせてくる。海がもえます」

皆なんのことかわからず顔を見合わせた。知り合いに電話をかける父兄もいた。けれども海際に住まうものたちの本能で、波が寄せてくるといわれれば自然と目が高いところにむかう。その地域でもっとも高いところとは小学校の校舎だった。皆身のまわりのものを整理し、コンロの火も止めて校舎の屋上にあがった。

東の海原がオレンジ色に染まっている。いったい、こんなことがありえるのか。少女の叫んだとおりの様だった。海が燃えている。そしてじわじわと港町に近づきつつある。

「オイ、あれ見ろ」

屋上から誰かが叫んだ。皆伸びあがって校庭を覗き、あっと息をのんだ。少女がひとり、グランドピアノをえっちらおっちら海のほうへ押していく。三つ編みにまとめていた髪はバラバラで、海からあがってきたばかりのなにかのようだ。屋上にあがった全員が必死に声をあげるが、少女の歩みはやまない。やがて自分が打ちあげられたまさしくその場所にピアノを据え、立ったままおもむろに両手のミトンを取った。皆目がどうかなったかと思った。少女の袖の先に光り輝く棒が伸びているように見えたのだ。まるで朝日のように、少女は棒の先を五つにばらし、ゆっくりとした動作で、しかし力強く、鍵盤の中央を叩いた。

ゴ――――ン。

大地が揺れた。海の波が一瞬動きを止めたように見えた。少女はごく自然な手つきで指を鍵盤に走らせ、そのたびに港の土地が揺らぎ、たわんでは伸び、そうして海は沸きかえった。火の着いた波はいったん勢いを減じたようだったが、ひるまずに、より炎を燃えたたせながら近づいてくる。少女は全身を一本の指のように、けれども、鍵盤を打っているのは数百数千の指であるかのようにピアノを叩き、火の海をむりやり押しこめようとした。まるで大地がひとつのピアノで、空からそれを叩いているようだった。

海はざわめき荒れくるい、行き場を失ったようにみえたが、やはり渦を巻きながら、港のほうへ港のほうへ、近づいてくる近づいてくる近づいてくる。少女はふっと息を吐き、燃えさかる海をまじまじと眺めた。そうして、やっぱりそうよね、というやわらかな表情にもどり、そしてピアノの前に手をかけ、ぎゅっぎゅっと海のほうへ押していった。やがてピアノは小舟のように海に浮かび、少女はひょいとさりげなく飛び乗った。

その勢いで、ゆら、ゆらゆ、らゆら、揺れながらピアノは炎のなかへ進んでいき、そしてオレンジ色の光に包まれみえなくなった。

ピアノの音は鳴りつづけていた。寄せては返す炎の海のリズムで、ゆっくりと、ゆっくりと。やがて海の波とピアノの波が親和しあい、だんだんとオレンジの光もやわらかに海に溶けていった。火のなかから、ピアノの音に混じって、か細い歌声、港の人たちがはじめて聞く歌声が、響いていたのに気づいた人もいたかもしれない。

わーれはうーみのこ
しーらなーみーの
さーわぐいそべの

まつばーらに
けーむりたーなびーく
とまやーこそー
わーがなつかーしき
すみかーなれ

うまれてしーおに
ゆーあみして
なーみをこーもりの歌とーききー
せーんりよせくる海のー気を
すーいてわーらべとなりにーけり

波が千里寄せて、また千里遠のくのがわかった。翌朝、まったくなにもなかったような、青い海だけがそこにあった。

不思議なことがある。

それから数日たって、海岸に、長さ三メートルはある白い流木、そして黒い流木がつぎつぎに流れついた。港の人たちは不思議がって陸にあげ、ひと月ほどかけて流れついたのを数えてみると、ちょうどグランドピアノの鍵盤の数どおり揃っていた。何の役にもたたないという声もあるにはあったが、港の人たちは、いつかひょっとして少女がまた戻ってきたときのために、海に面した公園に、白黒の流木をきっちりと並べてある。

京都・立誠小学校　二〇一二年一月二十八日（土）

「ピアノ・ことば、プラス」　共演　原田郁子・三田村管打団（音響ＺＡＫ）

第四十四話

「おでかけですか」

ときかれたので、

「そうなのだ、後輩にさそわれていまからバカ田大学の文化祭にいくところなのだ」

「たのしそうですね、レレレレレのレ――」

わしは電車を乗りつぎ、なつかしいバカ大の校門に立った。全身黄色い羽根をつけたが尻だけ出してヒヨコのつもりになった後輩と、完全にオカマのスタイルなのにあごひげが地面まで垂れている後輩が二人出迎えてくれた。

「先輩、チョーひさしぶりっすね」

「いいからはやく、おもしろいところにつれていくのだ」

「合点しょうち」

「アイアイサー」

後輩ふたりはわしをつれてバカ大キャンパスを巡ってくれた。ちくわを顕微鏡にしてミジンコの研究をしている科学部、馬と競走（三メートル）ばかりしている陸上部、髪の毛を長く束ねて逆さ吊りになり、床の半紙に「たましい」とか「人生意気に感ず」などと黒々書きのこしていく書道部、おねしょで絵をかく美術部。うん、後輩たちはなかなか立派にやっているのだ。来ている誰もが指をさしゲラゲラ笑っている。いちばんいいのだ。

「ところで」とわしは、ヒヨコのつもりの後輩にたずねてみた。「文化祭は毎年この日にやっているのか」

「いいえ今年からです先輩」ヒヨコはピーピーいいながらこたえた。

オカマの方が「でも先輩、バカ大の文化祭は、今日だけじゃないんですよ」

「エ、三月十一日だけじゃないのか」

ふたりはいっせいに首をふり、「八月六日、八月八日、あっそうそう一月十七日、なにより八月十五日もバカ大文化祭すっごくもりあがるんですよ」

フーン。わしはしばらく考えて二人にきいた。

「なんでそんな日ばっかなのだ？」

「エ、先輩、決まってるじゃないですか、とっても悲しい日だからですよ」

「でもね」オカマがしなを作ってこたえた。「その日起きたことが悲しくても、文化祭に来てくれた人には、笑ってもらうのがいちばんなんだから。バカ大の文化祭にはホントいろんな人たちがきますからね」

わしはまわりを見渡してみたのだ。ビールを飲んでるオヤジ、キムチをつまみながら話しているおネエさん、そういう人たちのあいだに、なんだか輪郭が透き通った人たちが見えてきたり、消えていったり、まるで蠟燭（ろうそく）の火みたいなのだ。

「先輩、オレ、バカ大に来てわかったことがあるんですよ」

「なんなのだ」

「絵とか音楽とか詩とかそういうのは、全部ことばなんですよ」

「そうそう」オカマが引き継ぎ、「それも普段駅や会社やお店で使ってることばじゃなくて。そういう普段のことばって、あっちのほうに届きづらいんですよね」

フーン。わしは考えたがよくわからない。

ヒヨコがピヨピヨいいながら「絵、音楽、詩、そういうことばって本気になればなるほど、バカ大では優等生だけど、世の中じゃバカでしょ」

「ウーン」

「でも、そのバカのことばって、わりとあっちによく届く。ずっとずっと原始人のころから、そういうもんなんじゃないのかって、オレ思うんすよ」
ア、わしは気づいたことがあった。そういえばバカ田大学は今年で創立五十万年ぐらいなのだ。
「先輩、あっちいってみましょうよ」

わしらは校舎の裏にいった。オ、わしの知っている顔がいる、バカツカフジオが似顔描きをやっているのだ。わしは描いてもらった。ぜんぜん似ていないのだ。その横でアルチュール・ランボーという詩人が片足でけんけんぱをやっていた。野外ライブ会場では、なんとかキヨシローというバカ大優等生みたいな格好の兄ちゃんが、ジミヘンと、中島らもをしたがえて、タイマーズを再結成していた。ピカソが踊っていた。勝新太郎が百万人の勝新太郎をエキストラに使って、自分自身が主役の映画でカメラを回していた。あっちのほうでは、いろんなことができるんだなと、わしは感心したが、それだけではなかった。わしでも名前を知っている、そういう歌手や映画スターだけでなく、まったく名前を知られずあっちへいってしまった、あるいはいってしまったかどうかさえ曖昧なまま、からだは透明なところをふわふわ漂っているそんな人たちも、キヨシローや勝新の妙な格好をみて、チラ、チラ、蛍みたいに明滅しているのは、きっと、笑っているのにちがいないのだ。悲しい日でも笑うことができればそれでいいのだ。わしはやっと後輩たちのことばが腑に落ちた気がした。いい後輩をもってわしはいい先輩なのだ。

日が暮れてきてグラウンドに高いやぐらがくまれた。そこでもまだ文化祭はつづいていて、向かいあって思いっきり太鼓を叩き合う若者がいたり、全身絵の具まみれで叫んだりする人がいた。蛍みたいな淡い光がちらちらと集まってきて、大きく上がったり下がったりした。とりわけ小さな光たちがちょっと怖がりながら目を離さずじっと見ていて、最後のところでちょっとだけ笑った。

グラウンドはいまも、大小の光でいっぱいだ。海の匂い、なにか焼け焦げたみたいな匂いがたまにしたけれど、光が震えるたび全部消し飛んだ。ヒヨコがやってき

て、

「先輩、やぐらにあがって下さい」

とわしにいった。いわれたとおりにあがるとグランドを埋め尽くした大中小の、何十万、何百万の光がパチパチ爆ぜながら、パパだパパだ、パパー、歌って、歌って、と叫んだ。わしは片手を高くあげて、マサコちゃーん、といったが、わしのマンガを知っている者以外反応はなくキョトンとしている。まあいいのだ。

「わしはバカボンのパパなのだ」

　わしがいうと光が焚き火みたいに、こうこうと灯った。

「わしは照れ屋だから歌は苦手なのだ。かわりにヒヨコのすばらしい後輩にならって鳥の鳴き真似をするから、それで勘弁してほしいのだ」

　光がまたいっそう明るくなりそしてゆっくりと静まった。わしは口を小鳥みたいにすぼめ、ゆっくりとスタンドマイクに近付けていった。

　わしが鳴き真似をやめてまわりを見ると、そこに光はなく、まっ暗なグラウンドが広がっているばかりだった。みんな上を見あげて行ったのだ。わしはおみやげにもらったウナギイヌの蒲焼をしっかりと腹巻きに収め、駅のほうへ歩きだした。わしの家には誰もいないなんてことはないのだ。バカボン、ママ、そしてかわいくてかしこいハジメちゃんがいるのだ。ハジメちゃんは、何万年何千万年たってもハジメちゃんなのだ。これでいいのだ。

京都・ＵｒＢＡＮＧＵＩＬＤ　二〇一二年一月二十九日（日）

「天然ノスガタ」

第四十五話　十三

　その銭湯の特徴は通い慣れている常連客しか知らない。毎日一度だけ必ず湯の表面が波うちキラキラと輝きを放ちだすのだ。銭湯ができたときからそうだったわけではない。十三（じゅうぞう）さんのことがあって、そのようなお湯になったのである。

　十三さんは七十すぎになる名物のカマタキで、もともとこの銭湯で産まれたのだ。臨月になって風呂に入りにきた母親がいきなり産気づき、女湯にいた全員が産婆のようなことになって、やせっぽちの赤子が産まれた。陣痛のとき、カランで頭を打った母親は、打ちどころが悪かったのか、その夜死んだ。母親の脱衣籠（かご）に残された衣服には母子手帳も免許証も名前を示すものはなにも入っておらず、しょうがなく女湯の隅に布団を敷いて、寝つかせているうち、この銭湯のもらい子のような存在になってしまった。

十三さんという名前は単に産まれた日が十三日だったからである。小学校でも中学校でもまるきり勉強ができず、自分の名前さえ漢字では間違えるほどだったが、カマタキは幼いころから上手だった。中学校にあがるころになると、十三くんのたてたお湯じゃないとあたしは入らないよ、そういう女たちまででてくる始末で、十三少年もまったく喋らなくてよいし、いわんや銭勘定などまったく無縁のこの仕事が気に入っており、というより他にはなにも勤まらなかったのだが、二十代、三十代、四十代と名物カマタキとして四六時中、銭湯の裏で過ごし、真ん前のアパートにはほぼ寝に帰るだけで、布団などもちろん敷きっぱなしだ。

五十代、六十代、十三さんはずっとずっとひとりだった。けれども毎日入りにきてくれる常連客の「アーーーー」「ウーーーー」という唸り声や、駆けまわる子どもたちの歓声、ちょーっとセッケンなげてくれない、といった新婚夫婦の壁越しの会話などきいていると、自分までがその湯のなかに溶け、お客たちのからだを温めている気がした。

七十代になって捨て犬が懐いた。コロちゃん、コロちゃん、と通学の小学生が呼ぶので、十三さんもコロちゃんと呼ぶことにした。コロちゃんはカマタキの炎や匂い、パチパチ爆ぜる音なんかが気に入っているらしく、仕事の間ほとんど十三さんの横を離れず、カマのほうを、犬らしい真剣な眼差しでじっと見ている。十三さんはまるで彫像のようにカマの前から離れない。その日の湿気、温度あるいは、彼にしか感じ取れない条件によって、薪のくべかたや火の勢い、たてていく速さなどを、毎回というより毎時毎分、時間ごとに変える。お湯との真剣勝負なのだ。火が順調に回りはじめると、十三さんははじめて顔を緩め、ほんの少しの間休憩をとる。一日に一本だけ、吸いなれたたばこ新生を口にくわえると、薪の燃えさしでジュッと火をつける。コロちゃんはこの瞬間がたまらず、キュンキュンなきながらカマの前でくるくると回る。

　十三さんはコロちゃんとアパートで寝るようにしていたが、その朝、悲鳴に近い鳴き声を絶え間なくあげるのを不審に思い、まだ暗いうちから身を起こした。コロちゃんは畳をかきむしるような仕草をして、穴のあいた目で十三さんをみつめた。ドーンと地面を巨大な手がたたく音がして、部屋のなかのすべてが数秒でぐちゃぐちゃになった。十三さんはとっさにコロちゃんを腹の内に抱えてしゃがんだが、背中に箪笥が落ちてきた。何十年もカマタキで鍛えぬいた体である。テレビをつけても停電して映らない。風に乗って、泥と埃と、なにかが燃えているキナくさい臭気が漂ってくる。

十三さんは迷わなかった。いつものパッチと長そでシャツのまま薄暗い道を横切り、銭湯のカマに足を向けた。銭湯は、地下水を自力発電のポンプで汲み上げているので、営業には支障がない。電気が通っていないので、脱衣所にはろうそく、風呂場には懐中電灯を吊して、当座の照明とした。十三さんはあせらないよう気をつけ、明け方からゆっくり慎重に、この日たてられる最高の湯加減をキープしようと黙々と手を動かした。コロちゃんもいつもの姿勢でカマの中をじっと見ている。

まだ早い午後一時、ポツポツとお客さんがやってきた。みな泥やほこりにまみれ、顔にはすり傷、あるいは裂傷、ふだん通りの顔つきのお客はひとりもいなかった。十三さんは銭湯の主人と相談し、当面の入湯料は無料とすることにした。次々とお客はやってきた。まるで建物自体避難所か、海面に浮かぶ救命ボートのようだった。電気は失われ水道はとまりガスも通じていなかった。家を失った人たちも多くいたが、もっと大切なものを失った人たちも黙々と服を脱いで、十三さんのたてたお湯に浸かった。みな無言だった。ため息も歓声も夫婦のやりとりも一切なかった。どのみち十三さんにはきこえていなかったろう。

噂をきいて、隣町あるいは山の向こうからも徒歩で銭湯を訪ねてくるお客がいた。朝、昼、夜といった区別はなく、たった今銭湯に辿りついた人には、この時間最高の加減にたてられたお湯が必要なのだ。銭湯の明かりは二十四時間絶えることがなかった。お湯はえんえんと絶え間なく循環しつづけた。何千何万という人がお湯に浸かり、お湯を浴び、ほんの少しだけ新しいからだ、そしてこころになって帰途についた。帰るといっても小学校の講堂かお寺の板間の上だ。けれどもみんな日に一度お湯に浸かりにやってきた。フーウというため息。ちょっとカミソリ借りていいですか、というささやかな会話。

ゆーりかごーのうーたを
カーナリヤーがうーたうよー

子守歌が風呂のどこかから流れてきた。七十年前のように、たったひとりだけ残された赤ん坊がいるのかもしれない。子守歌の歌声は毎日変わったからだ。けれども時折その間から、鈴を鳴らすような赤んぼうの笑い声が漏れることもあった。

銭湯の主人や常連客が十三さんのことを思い出したのは、地震から二週間たった朝だった。その間一回も湯はとまらず、最も適度な湯加減が保たれていたことに、誰もなんとも思わなかったのは不自然のようだが、それほど自然な、絶妙な湯加減だったのだ。みなで裏のカマのほうへいってみるとそこに十三さんはいなかった。ただ薪と火だけが勢いよく燃えつづけ、その前に一匹のむく犬が四本足を踏ん張って、まるで番をしているようにじっと見つめているだけだった。

十三さんのことというのはこれで終わりだが、銭湯にもいろいろ変化が訪れた。カマたきは自動制御になり、休みも週に一度とることになった。遠くからわざわざやってきて懐かしむように内装を見やる老人もいる。元気な小学生が男湯と女湯のあいだを走りまわり、みんな苦笑してみつめている。その子はどうやら、この銭湯で産まれそして育ったらしい。

日に一度必ずお湯が輝くようになったのは、十三さんがいなくなってからのことだ。お湯を手で掬いよくよく見ると、そこにはごくごく小さな、まるで生き物の息吹のような気泡が含まれているのに気づくだろう。常連客たちは今日は湯が光る時間にあたるかどうか内心わくわくしながら肩までつかる。その時間が来ると湯はまるでゆっくり透明な手でかきまわすように波立ち、そしておもむろにオレンジ色に光る。輝きはだいたい三分くらいつづく。ちょうど、紙たばこ一本分吸い終わるくらいの長さで。そして裏のカマでは、ほんの少し年をとったムク犬が、きゅんきゅん吠えながらぐるぐるとうれしげに回っているのが見られる。

大阪・十三宝湯　二〇一二年二月二十七日（月）

「銭湯で小説！」

第四十六話
花

朝が来てまた花は目が覚めた。

遠くに山をのぞむ緑の草原。まわりには白や黄色の蝶が飛びまわり、さらに高いところの中空ではトンビが一羽大きくまわっている。

足音が響き、ひょろっとした外見の男性がひとり、鞄を肩から下げて現れた。花の前に屈み込み、ふう、と息を吹きかけると、精巧なはさみのような指先で花を根元からそっと手折り、紙にくるんで鞄の中に入れた。鞄の中には他にも様々なところでつまれた草花がひっそりと息をついていた。

男は山を下ったところにある鉄道駅から電車に乗り、たいそうにぎやかな市街まで、花には考えつかない距離を、長い時間をかけて走っていった。電車の中で男はほとんど動かなかった。何を見ているのかしら、と花はおもった。男のしっかり前に据えられた目は、まったく目が見えない人のように、一寸も動かなかったからだ。

電車をおりると男は壁を背にしたところに籠をおき、紙でくるんだ花を整然と並べていった。ずっとここで商売をしているらしく、行き交う人々から頻繁に声がかかる。男もうつむきかげんにではあるが笑みを浮かべ、片手を軽くあげて、返事を返す。花はよく売れた。花の飾りかたを知っている人が多く住んでいる街なのだ。花はみな陽が落ちる前に、安い値段で売られていった。そうして陽が暮れると、もう草花の意識がある時間は終わり、あとは夢の中に生きる存在となる。

目が覚めるとまた草原の上だった。まわりを蝶が飛び上空をトビが回っている。あのひょろっとした男がまた現れ、指を伸ばしてていねいに花を手折った。電車に乗って運ばれていく風景も同じ、ついた街の人々の息づかいも同じようにみえた。

翌朝もまた翌朝も、花は山間の草原でひとり目覚め、同じひょろっとした男につまれては街で売られた。街の何十というところに私は飾られているのかしら、花は思った。

ある日男は少し遅れてやってきた。普段より大ぶりな別の道具を抱えている。男が真上から見下ろした瞬間、花は自分がもっともっと高いところ、たとえば空の表面にくっついた瞳でじっと凝視されている感覚に襲われた。それは錯覚ではなかった。いまや男の目はからだを離れ、空高く飛びあがり、山を越えたところにある牧場や小さなクリーク、とげとげの草が生えた洞窟のまわりなど自在に訪ねまわった。不思議なことに花は男と一緒だった。空を、フワフワと、黄金色の蝶のように男と一体になった花は、山の上から、ずらりと並んだ猫の親子や、駆けまわる馬たち、そうして豊かな声で地面をならす雌牛たちの姿を見た。トビなどよりよほど高く、蝶よりも軽く、花びらはまるで風に運ばれる種子のように男とともに山を飛んだ。夜が来ても花の時間は終わらず、男とともに光が輝く空の下を街のほうへ流れていった。酒場の窓から覗いたり、家の煙突から響いてくる炎の音に聞き耳をたてた。花は男が震えているのにだんだんと気づいた。

そうか、夢の時間、この男は現実のほうへ引っぱられて、ばらばらにちぎれるんだわ。

花は何百もの爆弾がふりそそぎ燃えさかる街の遠景を男とともに眺めた。すべてをひっくり返す地震、海沿いのすべてをさらっていく大波、火事に大洪水。男はのたうちながら懸命になにかをつかもうと足を踏ん張っていた。すべて男の中で起こっていることなのだが、彼にとっては内も外もなく、ぐるぐると巡っていく、ある大きな時間の表面に張りついた出来事だった。紙の上に書いていると思っていたら、いつのまにか裏へと辿ってきてしまう、男はずっとずっとそんな生を生きてきた。だからいま私とこうして夜を飛んでいるんだわ、と花は思った。

翌朝光がうっすらと差し、空が紫色に染まるころ、花はまた自分があの草原に植わっていることに気がついた。曙光（しょこう）が山肌に広がり、岩の影がまるで一頭の巨大な牛のようだ。思わず揺れながら見とれていると、聞きなじんだ足音がして、あの男がゆったりとした歩調で近づいてきた。

目を細め、顔を近づけ、まるでそれが世界に一本だけ残った花であるかのように、息をつめて指先でそっと手折る。何時間も何時間も電車に乗り、男は電車のなかに、いつもよりライトがふえたのかな、と思った。ふだんよりすこし明るい気がしたのだ。その感じは駅でおり、雑踏を歩いていつもの場所に来てもつづいていた。それどころかどんどん強くなる。明るい透明な光があたりにたちこめ、くるくると光輪が回り、行き交う人々の輪郭もおぼろにぼやけている。

男は深く息を吐いた。生きているとたまにだけど、こんな特別な日がある。どこかで空が開いて、風と陽射しが急に吹きこんできたみたいな一日が。

男は壁際に一日中立っていた。この日、花は一輪も売れなかった。けれどもどこかしら愉快な心もちで男は自分の長く住むアパートに向けて歩きだした。夕方というのにまわりの光はまだ立ち去り難いかのようにそこらに留まっている。男はアパートの階段をあがりかけ、そうして戻り、一階のドアを二度ノックした。上品に着飾った白髪の女性が顔をだし、

「まあ、どなたかと思いましたよ」

といった。男は鞄から紙にくるんだ花をとりだすと、

「よかったらこれ、うけとってもらえませんか。先週お誕生日だったでしょう」

「いやだわ、よく覚えてらっしゃるのね」

女性は照れくさげに笑った。

「この年になると、もうお祝いって気分でもないか、とも思ったけれども、花は嬉しいわ」

「そうでしょう」

男はにこやかにいった。

「実はね」

女性はいった。

「先日から私ほとんど目が見えないんだけれど、でも花のよさはわかるわ。花って目が見えなくなってはじめてそのよさがわかる気がするわ」

女性は両のてのひらで花を包みこみながらいった。

男は軽くうなずき、

「ええ、きっとそうなんでしょう」

とこたえた。

京都・ギャルリー宮脇　二〇一二年二月二十五日(土)
「ハンス・クルージー展」

第四十七話
器

男がその器屋に入ったのはそれが初めてだった。

有名な寺を観光したあと、何気なくふらりと立ち寄った。男は器にもともと興味があったが、そのために京都を訪れていたわけではない。春だからちょっと行ってみようかぐらいに思ったのだ。桜にはまだ早いこの季節、どの道もまるで通勤ラッシュのようになるまでにはもう三週ほど余している。

男は器屋でぐるりと見渡し、最初に目に入った一輪挿しを手に取った。後ろからにこやかな笑顔の女性店主が、

「それいいでしょう。でも正体不明の器なんですよ」

男はまじまじと一輪挿しをみつめた。両手に取ってみるとほのかに温かい。たっ

た今焼きあげたのを冷ましたみたいな感じだ。一輪挿しの前部分には黒い鹿の絵が描かれてあった。初めて入る店の正体不明の器なのに、と男は少し不思議な気がした。その鹿がとてもなつかしいものに思われたのだ。目を近づけてみると鹿はエジプトの彫像によく見られるような、ほとんど消え入らんばかりの三日月の笑みを口もとに浮かべている。男は一輪挿しを買うことにした。外へ出ると、さっき感じていたよりよほど暖かな、ほとんど熱風といわんばかりの風がどっと、疎水の上から押し寄せ、男はつい押された感じになって、一歩、二歩と前に歩んだ。

自宅に帰り、出窓のところに置いてみた。男はもう二十年ひとり暮らしをつづけているが、ずっとそうだったというわけではない。年に一度二度、会いに出かけていく相方がいないではないが、その相手はもう土の下で眠りに就いてしまった。花を飾る習慣はその相手から移ったものだった。季節の花を一輪スッと入れておく。

ところが毎朝、妙なことが起きるようになった。日中に入れておいたはずの花が目覚めると忽然（こつぜん）と消えている。男ははじめ「脳梗塞」という漢字をノートについ書いてしまいぞっとしたが、他のことでなにか忘れたとか、目眩といったことはない。昨日もまた、そして今朝も、入れたら入れた分、一輪挿しの花が消えてしまう。

男はその夜、明かりをすべて消し、布団に臥せりながら、じっと息をひそめてい
た。夜半過ぎ、ギイ、と木戸が開き、出窓のところへなにか大きなものが近づいて
いくのがみえた。男は金槌を握りしめ、そっと立ちあがると部屋の明かりをつけた。
黒々した巨大な鹿が、何も表情を変えず男の顔を見つめると、顔を一輪挿しのほう
に伸ばし、突きでた花をペロリと一口で食べた。そのまま出窓の下に座りこみ、動
こうとしない。角がないから雌鹿らしい。三十分、一時間、男は立ち尽くしていた
が、ふいに気持ちが落ちついて布団の中へ潜った。

朝起きると鹿は消えていて、もちろん花もどこにもみあたらない。一輪挿しのな
かで黒い雌鹿はあのふしぎな笑みを浮かべたまきれいに立ち続けている。

それから毎晩男は夜中過ぎ朦朧（もうろう）と目覚め、すると待っていたかのように木戸を通
って、鹿が男の部屋にやってくるのだ。ああ来たな、きれいな鹿だ、そう思って見
ていると、一輪挿しから花をパクリと食べる。三夜、四夜つづき、一週間程経った
ある夜、鹿は花をもぐもぐ嚙みながら男の布団の中に入ってきた。近くで見る鹿は
夜の山のようだった。春の手触りと乾いた温かみ、そして緑の匂い。男は鹿を抱き
寄せた。鹿のほうでも男に身を預ける気配があった。

目覚めるとまた鹿はいなかったが、布団は世界一の乾燥機にかけたようにフワフワになっていた。鹿と同衾するようになって一ヶ月が経ち、朝日の中で布団をはぐってみると男はそこに小さな丸、四角、三角の、温かい器が三つ落ちているのを見つけた。それぞれ鳥、亀、金魚が描かれている。窓辺の一輪挿しを見ると心なしか横に膨らんだように見える。うつわがうつわを生むだと……。男はついおかしくなったが、丁寧に洗い、それぞれ食器棚の一番目立つ所に飾った。一輪挿しの鹿から一番良く見えやすい高さに。

新しく生まれる器はそれだけではなかった。花瓶、壺、不思議な形の皿。生き物の姿が書かれた器が多かったが、それだけでなく、描象画のような、蔦、根っこみたいな模様もあった。夜ごと鹿がやってくる足元に緑の草が生え、ゆっくりと亀が歩み、その横の空間に半透明の魚が浮かんでいる。鹿が消えると器が残る。

男は布団のまわりにこれまで生まれた全ての器を並べてみた。四十七個あった。その夜は別段普段と変わったことのない夜だったが、夜半に目覚めるとそこは森林だった。鹿が木の根の向こうから顔を見せ、こっちへこい、こっちへこい、というかのように頷く。男がついて行くと駆け出し、待ち、また男が近寄ると駆けて行く。

森の向こうがだんだん明るくなってきた。木陰から出て行き、男は息を呑み立ち尽くした。木が縦横斜めに絡み合ううろのような場所で、目がつぶれそうなくらい巨大な炎が、音をパチパチあげながら燃え立っていた。燃え上がる森の真ん中に十頭二十頭の鹿がいて、嬉しげに炎の中に飛び込んではまた飛び出し、よく見ていると亀や鳥たちも炎にまみれて遊んでいる。

男はふと、この動物達、蔦や森も、もともとは高温で焼き上げられた器から発せられてきたことを思い出した。男は生身なので火に近づくと肌がじんじん熱い。全身汗まみれだが、動植物と絡み合う炎の動きから目を離すことができない。

喉が渇いたな。そう思った途端、頭上から一瞬、驟雨（しゅう）が降りこめ、男の全身をずぶぬれにした。ああ腹減ったな。そう思うと、炎に包まれた小鳥が飛んできて、男の目の前で意味の分からない踊りを空中で舞った後、ぼとんと草の上に落ちた。

男は眠い時眠り、食いたい時に食べ、毛はぼうぼうに伸び、着ていた服は朽ち果ててしまった。目の前に見えるのはもう炎ばかりである。炎がうごめき何かの形を取ったとしても、男にはもうその名前を思い出すことはできなかったし、すべてはそうして変化していくのだと思った。言葉でなく体で感じ、自らの変化をも炎と同調して感じたのである。

気がつくとしゃがみこみ、草間の土を手に取っていた。何心なく、手遊びのように練り、練り、練り、真ん中をくぼませ練り、練り、練り、細長い首をもった中空の形ができあがった。男はもはやその名前を忘れてしまっていたが、こういう姿になる前なら一輪挿し、と呼んだかもしれない。男は白い土の塊に、今度は黒い泥をべったり塗り付けた。そうして拾い上げた木の枝で、目の前に揺れ動く炎の変化する様を、模様として線で描いた。どこかしら見覚えのある形。四本足に太い胴。延びた首と聡明そのものの眼差し。男は炎のほうでも揺れ動き、そうだ、そうだ、と頷くのを感じた。手の中で、土の塊も温かみを帯び、男に何かを語りかけてくるようだ。

出来栄えに満足するように大きくうなずきかけたが、男はもう一度土の塊に目を寄せ、足りない、なにか足りない。足りないのは……ハッと思いつき、右手の親指を延ばすと、爪の先で鹿の口元に、あいまいな笑みを刻みつけた。器が震え、自分から男の手のひらを蹴り、目の前で燃えさかる森の炎へと飛び込んだ。

男は鹿とそっくりの笑みを浮かべながら、足元の土を握り、そうして、次は亀かな、それとも、自らを焼いて不思議な踊りを踊ったあの小鳥にしようか、と考えた。男は無論、とっくに忘れてしまっていたのだが、遠い遠い昔、たった今男が、鹿が浮かべていたのと全く同じ笑い方をする相手と、八年間暮らしたことがあったのである。

京都・うつわやぁ花音　二〇一二年三月二十四日(土)
矢島操展「巡る春　明日のトビラ」Uｓｔｒｅａｍ中継

第四十八話
子供

そこにある子供がいた。まだ名前はなかった、といって、名前とは、大人がそれぞれの子供の区別がはじめはなかなかつかないから敢えてつけるといったもので、ある子供にとって、名前なんて本当ははじめっから要(い)らないのかもしれない。

ある子供は、住んでいる村、住んでいる国の名前も知らなかった。ただ森があって川が流れ、季節ごとにそれぞれの花が開き、そうしてその花たちも互いの名前など知らない、そういう場所だった。ギターを弾く木樵(きこり)と、なぜか人間のことばを話すロバが友達にいた。ロバは人間語を操るというより、ある子供にだけ声が聞こえたのかもしれないし、ギター弾きの音色もそうだったかもしれない。

木樵がある日ジョワ―――ンとギターを鳴らしながら、

「ナー、旅に出てみないか」

ある子供にいった。旅とはなんのことだか、ある子供には正直わからなかったものの、木樵の輝く瞳、ロバの弾む息遣い、そしてなによりジョワ――――ンに惹かれ、

「あ、いいよ」

と頷いていた。ガタガタの舗装路のところで昼飯を食べていると、ようやくオレンジ色に塗られたバスがやってきた。運転手の顔は灰色の霧がかかってよく見えなかった。

「発車しまーす」

誰のものでもないような声がして、それを相図にバスは走りだした。まるでエンジンでガソリンを燃して走っているのではない、四つのまるい足を必死に動かして前へ前へあえぎながら走っていくようなバスだ。それでもバスはバスだ。ある子供はバスの勢いにまったく嬉しくなってしまって、窓外の景色を、コマ送りで次々と移りかわる四季の様子を見ているがごとく、息も惜しげに見つめつづけた。

バスは高速道路をのぼり北へ北へ、やがて音楽が盛んなある街に到着した。ギター弾きの木樵は息を弾ませ、

「ヨウ、ここで降りようよ」

ある子供は首を回して景色を見た。立った女が歌い、道端は白黒の鍵盤模様に塗られ、工場ではみんながハンマーやのみでパーカッション音楽を奏でている。

「イーヤ」

ある子供は首を振った。

「ここじゃまだ降りたくない」

「出発しまーす」

運転手が声を発しバスは出発した。海沿いの国道を走り海岸線をぬけ、ようやく到着したのは、そこらに果物がなっている南国の村だった。魚が飛びはねる勢いで漁師たちも踊っている。犬も猫も海老までもマンゴーやココナッツのジュースを浴びている。ロバは身をよじりながら、

「ネエネエ、ここで降りようよ」

ある子供はじっと波のリズムに耳を傾け、そしていった。

「イーヤ、やっぱり、ここじゃまだ降りたくない」

それからいくつものバス停を過ぎた。ある子供は自分がどうして降りたくないの

かよくわからなかった。腹の底から指先までつながった糸みたいな線がチリチリと揺れて、ここじゃない、ここじゃない、そう告げるのである。

バスは国道を走り、トンネルの中へはいっていった。長い長いトンネルだ。いったいどれほど走れば出口につくのだろうか。

そのとき、線がビリビリビリリッと震えた。ある子供は立ちあがり、

「ここ、ここで降ります」

木樵とロバはあきれ、懸命にやめさせようとした。運転手は霧がかかった表情のままバスを緊急エリアに乗りいれドアを開けた。ある子供は薄明かりのトンネルの真ん中でひとりバスを降りた。バスが遠ざかっていくにつれ、あたりは漆黒の闇となった。

ある子供はなにも見えないとわかっていて、それでも頭をぐるりと巡らせた。闇はどこかしら親しみを覚えさせ、なんだかまるで僕自身のからだの中を覗いてるみたいだ。そうしてさっきから震えているからだの先、ひとさし指を伸ばしてスッと闇に走らせると、そこに一筋の黄色い線が浮かびあがった。中指でやってみると赤、薬指だとみどり、左右の指でもちがったし、二本三本、同時に滑らせればまたそこ

に異なった色の光の線が浮かんだ。線はトンネルの闇の中でしばらく浮かんでいたが、やがて夢のなかの光のように自然に薄らいで消失した。ある子供は満足げに頷くと、両腕をいっぱいに伸ばして全身で光の線を描きはじめた。

トンネル内のわずかな空間に、ある子供が見知り、そうして体の中にためこんだ風景が浮かんだ。雪景色。りんごの収穫。つっぱしってくる猪に、山火事のような秋の紅葉。音楽が盛んな街で五人組のバンドを組むロバの姿も浮きあがった。海辺の村で五人の子供を抱えてギターであやす木樵の姿もそこにあった。

ある子供は何年、何十年、トンネルのなかにいるかだんだんわからなくなっていった。そこには自分が知っているはずのない風物まで光の線画となって浮かびあがってきた。

「まあ、いいよ」

ある子供は赤や黄色の照り返しを額や頬に浴びながら思った。自分のからだって、いまどういう体なのか、もうわからないんだから。たまに隣で絵を描いている気配があった。ある子供は振りかえらなかったが、なんだか背が低く、背中じゅう毛をはやした人間が、ものすごくよく動く牛なんかを描いているのだ。ある子供はどんどん楽しくなってきた。闇の奥へ奥へ入りこみながら、光の線を、目に見えない線を、自分で引いていくのだ。

振りかえってみると、まわりには光の粒がうかんでいて、ある子供は夢をみているような気分に駆られながら、自分がもうトンネルの中でなく、その外、それどころか夜の空高くに浮かびあがって、星座のデザインを決める人みたいに天空の星々をつなげ、線を描いているのがわかった。

「なんだこりゃ」

地上を振りかえるとそこに様々な名前のついた街がある。燃えあがる街。何十万の人々が煙になって倒れていく街、がれきだけの風景、ネオン街、がっくり肩をおとし、小さなものを抱いて裸足で道なき道をあるく人間たち。

ある子供は大きく手を振りあげて指と指をこすりあわせた。すると地上からは真っ黒に見えていた空から、赤、黄色、みどり、ピンク、青、オレンジの光の粒が、ゆっくりと地表に降りていった。俯いていた顔をわずかに上げたヘンリー、ひろし、フェイ、りょうじ、ジョージ、ナンシー、コポ、エミリー……。みんな同時に、アッと叫んだ。そこには、ギターの形の雪や、ロバの形の花びら、ひまわりの花弁そのものの照り返しが踊っていたからだ。これらの名前をもつ子供らは、フッと笑顔を作った。その瞬間、すべての名前は消え、全員が同じある子供になった。ある子供はけっしてひとりではない。ある子供を生きるとき、子供たちは全員がひとつになる同じ生を、同じ光の中を生きるのである。

京都・フォイルギャラリー　二〇一二年五月三日（木）
荒井良二展「在るこども」共演　荒井良二

第四十九話
梨

東郷神社に核爆弾が落とされ、原宿の町は壊滅した。あとに残ったのは色とりどりの古着でできた坂が走る大地だけだった。数十年も経つと、ところどころに掘立て小屋ができたものの、まともな人間が住む場所ではなくなり、武器や刺青（いれずみ）をちらつかせながら、出合い頭に、殴る、蹴る、刺す、ぶったたく、そういう輩ばかりが住む、いわば無法地帯と化していった。

野良犬のような連中によく知られた、ガンジンという男がいた。もちろんまともな仕事などせず、主に追い剝ぎか、家屋をぶっこわしては建材や家具をさらっていく。なかでも野良犬連中に恐れられていたのは、まるでしゃもじのような形の巨大な棍棒で、こいつで頭をはたかれると根元から、グギ、とちょんぎれてしまう。

ある朝、寝ぐらにしている元キディランドの地下へ降りていくと、どことなく人の気配がする。ガンジンは棍棒を持ちなおし、足音を忍ばせて階段を降りていった。懐中電灯の灯りをむけて拍子抜けだ。防塵マスクをつけた小さな子供が犬を抱きしめて眠っている。犬にも犬専用の防塵マスクがつけられており、今は外の世界ではこんなもの売ってるのか、とガンジンはおもった。

と、犬がとびおり、マスク越しに、バウバウ、バウバウ、かわいい声で吠えはじめた。その声に子どもも跳ねおき、

「やめて、吠えないで、シーベルト」

エ、とガンジンは思った。子どもは黒い目で見あげ、

「ごめんなさいおじさん、勝手に入ってきちゃって。でも、悪い人じゃないでしょう、こんなかわいいものばかりに囲まれて暮らしているなんて」

焼け焦げたミッキー、四本の足が取れて胴だけのスヌーピー。

ガンジンは、

「あ、ああ……」

と丸坊主の頭を自ら撫でて呟いた。

「犬の名前」

とガンジンは犬を向いて、

「なんてった、シーベルト？」

「うん」

子どもは頷いた。

「おとうさんがつけたの。シーベルトは一程量の線量を超えた場所が匂いでわかるんだ。な、シーベルト」

「クーン、クーン」

かわいいかも、とガンジンは思った。そしていきがかり上子供と犬を置いてやることになった。子供が原宿エリアに入ってきたのはほんの三日前。たったひとりで、連絡の途絶えた父親を探しにきたという。ガンジンの集めてきた紀ノ国屋印の缶詰をぱくつきながら、子供はいかに自分のおとうさんがお洒落でかっこよく、面白くて物知りで、やさしく、そして強いかを語り明かすのだった。少年の名は大穂といった。一見、どこの生まれか、国籍も人種もわからない。

ここ原宿エリアは、もともと外国人が多い場所ではあったけれど、被爆後、本国にいられない犯罪者、無法者、なにをやっているかわからない輩が、入国管理局を飛びこし、勝手に住みつくようになった。顔を合わせれば、まるで音楽家のセッションのように、棒きれや刃物、鉄のかたまりを投げつけあい、からだだけでなく頭やこころもぶつけあうのだ。

一月（ひとつき）、三月（みつき）、半年と歳月は過ぎていった。大穂も、この坊主頭の巨人ガンジンがただのかわいいもの好きではないことを、何度も目の当たりにさせられた。浴びた血飛沫（ちしぶき）、へど、体液は、外の世界とはまったくかけはなれた色、匂いを放っていた。二年、三年、原宿をうろつきまわり、父親を探しもとめながら、大穂もそれなりの経験を積んでいった。積んでいかざるをえなかった。そうでないと、シーベルトも自分も、古着の土地にまぎれてただの雑巾に変わり果てるだけだ。

大穂とシーベルトは共同して野良犬たちと闘った。飛びかかるとき、シーベルトは犬というより毛のはえたブーメランだった。落ちている食べ物や古着、缶詰類など、シーベルトが吠えついたものを食べなければ、多少他の者たちより体力が温存できる。大穂とガンジンそしてシーベルトはちょうどよい相手を求めて表参道の坂を行ったり来たりした。大穂がときどき口ずさむ口笛のメロディにガンジンは聞き覚えがあった。父に教わったもので歌詞は知らないという。ガンジンは紫色の原宿の空を見あげながら歌ってやった。

やねより高いこいのーぼーりー
大きーなまごいはーおとうさーん
小さいひごいーはー子供たーちー
おもしろそーにおよいでーる

大穂はガンジンをみあげ、嬉しげに笑いながら、

「お父さんの口笛のほうが百万倍うまいね」

ガンジンは笑い返し、その夜三人の若者を棍棒でぶちのめした。

紫色の空が高々と澄みわたったある日、明治神宮だった真っ黒い大地の上で、大穂が、

「あ、おとうさん」

と、中空を指さしていった。一目散に駆けだしていく。そこには一本の梨の木が生えていた。

「おとうさん、おとうさん！」

大穂は木の幹にとりすがり、泣き笑いしながら叫んだ。ガンジンは後ろへ駆けより、

「大穂落ちつけ、それ、木だぞ、おとうさんじゃないぞ」

大穂は首を振り、高々と茂った樹冠の半ばを指さした。ちょうどその季節、小ぶりな梨の実がポツリポツリと実りはじめたなかに、古く日に灼けたパナマ帽がひとつ、枝のどこかしらにひっかかって揺れていた。

「おとうさんだよ。あのかっこいい帽子似合うの、おとうさんだけだもん。形は木でもおとうさんだ。ぼくわかるんだ」

シーベルトは黙って大穂の足元に控えている。そのうちに大人の小さく握ったこぶしくらいの梨の実がひとつ、黒い焼けこげた大地の上に降ってきて転がった。

「おとうさん」

手をのばす大穂をガンジンは棍棒で制し、

「だめだ、こんなとこに生えた果物食べられるわけないだろ」

「でもガンジン」

ガンジンは振りかえった。シーベルトが梨の実に近づき、くんくんくんくんあの

かわいらしい声で嗅ぐと、顔を上げて犬の笑みを口元に浮かべた。

「シーベルト吠えないよ、だんだんきれいになってくんだ。おとうさんがきれいにしてくれるんだ」

大穂はまるでハーモニカのように梨にかぶりつき、顎に果汁をしたたらせながら、ごっくんごっくん飲みこんだ。

「おいしいなあ、おとうさん」

ガンジンは喜ぶ大穂の横顔を見つめながら、何年か前ここで打ち叩き、ぶっ殺した男のことを思いだしていた。倒れ伏した相手の頭から帽子をとり、まだずいぶん低かった梨の木の枝にちょんとかけた。大穂の父が、お洒落な格好で原宿の集落を回りいったい何を売りさばいていたか。とりわけ甘ったるいことばを重ねて、ガンジンの妹をどんな目にあわせたか、この大穂には絶対に言うまい、そうガンジンは思った。

そよ風が寄せてきて梨の樹冠をゆらす。足元に感触を覚え見おろすと、シーベルトが梨の実を一個くわえ、

「くえ、くえよ」

という風にこちらへ差し出している。ガンジンは拾いあげ口に含んだ。思っても

みないことだったが、原宿エリアに住むようになって最高の味だった。

「大穂押せ！」

ガンジンは怒鳴り、自分でも棍棒を捨てて梨の木の幹を抱きすくめた。

「押せ押せ押せ押せ！　男だったら押せ！」

大穂は弾かれたように木にぶつかると、ガンジンとともに父の木を揺らしはじめた。ざわざわ樹冠が鳴る。ふたりの動きははじめバラバラだったが、じょじょに波のように引いたり寄せたり、リズムが調和してきた、と思ったらまた離れた。当たり前だ、血のつながりなんてないんだから。ガンジンは思った。梨の実がいくつも離れ、真っ黒い原宿の土の上に降ってくる。

梨の雨のなかでシーベルトは笑いながら踊った。ざわざわと揺れつづける樹冠から、不意にパナマ帽が外れ、紫色の中空にふわりと浮きあがった。まるでまんまるい鯉のぼりのように。

東京・渋谷VACANT　二〇一二年五月十日（木）
共演　CINEMA dub MONKS

第五十話

二〇一二年六月、信州の松本で男は狭い台所にたち、鍋をぐらぐら煮たたせて、天蚕のうすみどり色の繭(まゆ)を煮込んでいた。繭を煮込むのは、別にゲテモノ趣味というわけでなく、軟らかくすることで糸を紡ぎだしやすくするのである。籠にこんもりと盛った繭を、次々と大鍋に落とし入れていく。

オヤオヤ。男は手元を見おろして目をむいた。天蚕は天然だから形が不揃いで突拍子もない形態の繭がたまにあるが、それでもこんなに猫の顔そっくりの繭というのも珍しい。ちょっと取りわけておき、次の一個を取るとこれは猫の全身そのもの。次の繭はひょうきんにおどりあがる日本猿、次々と、犬や猫、狸そっくりの繭が現れ、織物と同じかそれ以上に動物の好きな男は、ソーカソーカ、といってこんろの火をとめ、動物そっくりの繭たちを腕で抱えると、四畳半に持っていった。仕事が遅くなると、ここで泊まって帰る。

男の作業は丁寧で日本じゅうにファンが多くいたが、男は無理してなにかをするというのは性に合わなかった。やらんとなあ、と思うことだけは手を抜かずやる。その日も遅くまで機は動きつづけた。ギッコン、バッタン、ギッコン、バッタン。ときどきこのリズムで心臓が動いているのでは、というときがある。ギッコン、バッタン、ギッコン、バッタン。

天蚕の、動物の形の繭は、それからも日に一個ずつくらいの割合で男の目に留まった。男は窓辺にずらりとそれらを並べ、庭のトマトやとうもろこしがみえる位置においてやった。一週間、二週間、四畳半で寝泊まりすることも多くなり、そうしてある雨の夜に、そろそろ電気消すか、と仮眠部屋の電灯に手を伸ばしかけたとき、戸がガタガタと左右にゆれて、男は、なんだなんだこんな夜に、と心張り棒を外した。立っていたのは全身エメラルドグリーンに輝く熊だった。

「やあ。ちょっと迎えに来ただ」

松本のイントネーションで熊はいった。

「熊が喋っただ」

男は呟いた。

「おまえだって喋ってるだ」

熊はいった。男は、そうだな、と思い、熊についていった。さんさんと雨が降る。全身がすぐにしとどに濡れ、まるで男も全身みどり色になったみたいだ。森の闇が濡れたからだに絡みついてくるようだ。熊はずんずん山道を先にいく。男はへんな気持ちひとつもたず、こういうこともあるか、と思い後につく。

途中、山道の真ん中にひらひらと風呂敷くらいの帳が揺れていた。なんとなくその気配に見覚えがあるように思い、男は指でなく顔面でそのまま帳を受け、スルッと向こう側へ抜けた。しばらくいくとまた別の少し大きな帳。しかし顔に触れた感触はまるで初夏の風のようで、湿っているはずの肌をさらりと抜けてゆく。そのつぎの帳はさらに大きく、木戸くらいあるのにまたいっそう軽く、男は全身そのなかに入っていっているはずなのに、触れた感じさえなく、光につつまれたかのようだった。

その光をたなびかせたままさらに森の奥へ。傾斜がきつくなり、急に平らになったところで、アアここが頂上か、松本にこんなとこあっただかや、と内心思った。まわり一面の闇を、エメラルドグリーンの熊が、どうぞごらん、といった風に前足を差し伸ばして、前へ出るよう促す。

はじめは蛍かと思った。チカチカと光点が見え、ゆらゆらと揺れていて、そのうち次々と目を開くように光があらわれた。男は、あっ、と思った。手近な光のなかに、二十代のころ訪れた、京都西陣の工房の姿が浮かびあがったように見えたのだ。

それは錯覚ではなかった。息をつめて凝視すると先輩職人の姿、機の動き、今織りあげられようとしている布の冴え冴えとした表情までくっきり読みとれる。

別の光のなかには南国の風景が映っていた。半分裸の女性たちが巨大な芭蕉の葉を細く細く糸状にし、機にかけ、ギッコン、バッタン、ゆるやかなリズムで織りあげていく。その場所にも若い頃出かけていったことはあったけれども、女性たちの風貌はあきらかに百年以上前のものだった。

男のまわりは光の点でいっぱいになった。男はまるで自分が満天の星空を映したプラネタリウムの中空に浮かんでいるような感覚に駆られた。回転するこの星で今、何億何千万の機がそれぞれのリズムで糸を織りあげている。砂漠のまんなかの都市サマルカンド、唐の時代第二の都市といわれ、商業の中心だった洛陽の町、その郊外で小さな機が織られ、インド・ムガール帝国の宮廷でも、宝石のちりばめられた機が、竿にオウムをとまらせたまま居眠りのように動いた。ローマ時代の南国で、裕福な奴隷たちが糸を品定めしている。大航海時代、船からおろされる荷の半分はスパイス、もう半分は織物だった。太い糸を使って次々と力技で織られるアントワープの織物。大量にものが集まるリヨン。その真南、ガボンの集落で色とりどりの織物をつけたこどもたちが祭で踊る。

男は、すべての機が、ガッタン、ガッタン、音をたてて動くその真ん中で、自分も今、たった今織りあげられている最中なのだ、と不意に思い当たった。自分が願うか願わないかはさておき、こうして俺も織りあげられて、そしていつか終わりがあるのだろうか。周りをみまわすとすべての光の点が縦横につながり、一枚の帳をなしていった。縦横だけでなく、上、下、前、後、過去そして未来をつなぎあって、何億何兆の糸が巨大な機に織りあげられていく。

二〇一二年六月、男は四畳半の部屋から仕事場に出た。と、見おろすと、窓辺においたはずの動物に似た形の繭たちが、室内の機の周囲や、いま織っている最中の布の上にめいめい手前勝手に転がって、まるで半分目を開いて男の顔を窺ってでもいるようなのだ。

男はしばらく見おろし、そしてにっこりと笑って、

「ソーカソーカ。君たちも糸になりたいんだよな」

といった。そして籠にみどり色の繭を積みあげ、台所においた大鍋に湯を沸かしにいった。

京都・堺町画廊　二〇一二年六月十六日(土)

本郷孝文展「染織展」

第五十一話 都

昨日電話があって、急きょ京都から、母の住んでいた那覇の町に来ることになった。というか、私が生まれたのも実は沖縄で、三歳の春まで母とふたり暮らしていたらしい。

私は母が十五歳のときに産んだ子どもだった。当然相手の男とはうまくいかず、母ひとり娘ひとりのややこしい暮らしだった。十八のとき、つまり、いまの私と同い年のとき、母はなにを思ったのか、古い友人が住む京都に私を送りだした。私はそのとき三歳で、いったい泣いたろうか、いちおう、泣いたはずだ、今となっては信じられないけど。私は成長するにつれ、母の身勝手を激しく憎むようになった。十八歳の女が三歳の娘を連れてくらす、それはたしかにややこしいものだろうけど、でも知らない相手に放り出して自分だけ自由を得る、そんなこと許されるだろうか。しかも、なんで京都。私のなかで屈託が育ちつづけた。そして十五年京都に住み、ようやっと都の風のにおいに慣れたかなと感じだした矢先、電話がなった。

若い恋人はべろべろに酔っていたらしい。けれども、助手席にいてシートベルトをつけていなかった母の方に、完全に非があると私は思う。完全に自業自得。二人を乗せたオープンカーは、道路を外れ、斜面のバナナの木に突っこんだ。母はシートから飛びだし、バナナの木に頭をぶつけ即死。振動で大木が揺れ、母のからだはふりつもったバナナの実で見えなくなってしまってたらしい。なんか阿呆らしい。京都育ちの私からみたら、なんかごっつい沖縄らしい死に方みたいな気がする。十八＋十五＝三十三。母の人生は短かったといえるのだろうか。十八年生きて途方もなくたらたらした時間に巻かれてる私にはまだよくわからない。

那覇では母の甥の店の二階に宿を取ってもらった。ここで一泊し、そしてバスで、なんだかまったく読みかたがわからない地方の村へいく。沖縄ってなんでこんなに読みかたがわからへんの。

ものすごい暑い七月の夕暮れ、私は荷物をおいて、母の甥というからどんな親戚に当たるのかわからないけど、その栄町市場ってところの路地を歩きまわった。くさかった。うちの近所の古川橋商店街に似てなくはないけど、もちろん錦なんかとはくらべるのも阿呆くさい。おばあさんがラジオ聞きながら煙草吸ってる。なんの店かわからない店ばっかりが並ぶ。五枚セットのお皿が全部ビニールにくるまれて、そしてそのビニールに何十年分かわからない埃が降り積もっていたけど、お皿は新品なんや。だんだんシャッターがしまり、やけに黒い顔の、眉毛がつながったおっちゃんばっかり、どこに隠れてたかわからないくらい、ウジャウジャ出てきたので、私は市場を出て、明るい光のあふれるところへいった。国際通りっていうらしい。

私げんなりした。新京極のアーケードをぶちこわして、南国にもってきただけみたいな。そこらへんで売られてるシーサー。シーサー、よくわからへんけど、ただ狛犬をぶさいくにしただけなんちゃうのん。

ちゃらん、ポン、ペン……。

三味線？　てつぶやいたら、通りがかりのサングラスのじいさんが、サンシンさー、と教えてくれた。なんかつんのめっては前へ前へ転がっていくだけの弦の響き。宮川町や先斗町の三味線は、時間を自在にいったりきたり、流れたり流したり、そんな風に聞こえる。私の耳にはどうしてもサンシンは子どもっぽく響く。国際通りっていうからこんなに外人が多いのかしら。通ってるのは外人を除けば修学旅行生。修学旅行生。そして修学旅行生。わたし、頭が痛くなってきた。うろうろしてるうち見つけたA＆Wっていう店のハンバーガーだけはおいしかった。

歩きまわって疲れたせいで、あんな変な夢をみたんだろうか。瓦礫混じりの土の斜面に、十本、二十本、木が絡まりあって、まるで天国に手を差し伸ばすようにみどりの枝を開き、そうして、その巨大な根元で小さな光がフラフラと揺れている。近づいてみるとそれは親指くらいの小さな女の子たちで、光る枝の上から、ポン、ペン、ポン、と響いてくるサンシンに合わせて、両手を交互に上げて踊っているのだ。ポン、ペン、ポン。私は自分が踊りに加わったかどうか覚えていない。たぶん、見ていただけだとおもう。引っ込み思案でというより、なんだかとってもふくよかな、まるで光のかたまりでできたお菓子を口いっぱいに含んでいるみたいな気分で。ポン、ペン、ポン。

翌朝早く、また栄町市場から、てくてく、国際通りに歩いていった。どういうわけか、狭い路地に折れ、ぐんぐん坂を登っていくと、コンクリートの地面が瓦礫混じりの土に変わり、あ、と思ったときには私は夢でみた木の前にいた。しばらく立ちつくし、木の下に目を落とすと、四角い祠とそのまわりに小さなお皿が並べられてあって、京都育ちの私は、お地蔵さんや節分なんかの風習でなじんでいるから、ここがどんな大切な、守らないといけない場所か、ことばより前に直感した。思わずしゃがみこみ、なにかお供えは、と思ってポケットを探ると、きのう食べ残したA&Wのポテトフライが三つでてきた。ごめん食べかけで、私は内心でいってお皿にポテトを一個ずつのせた。A&Wのポテトはまっすぐでなく、とぐろをまく形になっていて、私にはそれがまるで立ちのぼるお線香の煙みたいに見えた。

昼から長々と乗ったバスのなかで、私は十八の母が三歳の私を京都へ住まわせたわけをぼんやりと考え、ひとりで合点がいった気がした。外人が多い、修学旅行生も多い、バスばっかり、走っている自動車は車道じゅうに駐車するくらいぎっしりいて、そうして京都もよく読めない漢字の地名ばっかりだ。そしてそういう土地の名や土地の上に建っているものを越えて、その土地から立ちのぼる声というか、煙みたいなものが、那覇と京都は似ている、そう私は思った。なんせ、この二つは長い長いあいだ都だったのだから。

名前のよく読めない村へ着き、はじめて会う、おじいちゃんという人に迎えてもらった。人間がこんなに黒くなれるのというくらい真っ黒で、昼過ぎというのにもうプンプン酒くさい。驚いたのは、村の男の人たちが外でも中でもきっちり黒服をきていることで、よくよくみれば、ただ全員が陽焼けして、素っ裸なだけだった。

母の体は風通しのよい日陰に、まるで昼寝させるみたいに置いてあった。おじいさんは無造作に、お供えの果物からバナナをとると私に押しつけたが、お供えいきなり食べるなんて、わたしは信じられず、やはりここは都じゃなくて村なんやわ、と思い直した。

「で、お葬式はいつですか。明日？」

おじいさんは懸命にテレビでおぼえた平板な日本語で、

「そうしきすんだ」

といった。エ、私はもう一度母の体をみて、

「でも、……火葬場にはいかないの」

するとおじいさんのほうが、エー……とだまって、

「だってこのままねかすから」

といった。

私がきょとんと立っていると母の妹のミサさんがさんぴん茶を持ってきて、微笑みながら、

「このあたりではね、まだ土葬も火葬もせんのよ。ほっといてミイラにして、あとで洗ってお墓にいれるん」

と、のんきそうにいった。

私は、ついていけない、と思ったが、もうやけくそでバナナを剝いて口に入れた。

「ね、島バナナ」

ミサさんがいった。驚いた。バナナに見えてバナナ以上。まるで蜜柑みたいな爽やかさ。こんなのに下敷きにされて死んだっていうのは、母がちょっとうらやましい気がした。

ミサさんはつづけて果物を持ってくる。次々に食べるうち、わたしは舌先から果物になっていった。パッションフルーツ。ミニマンゴーというのはマンゴーのおいろいぬきだ。まるで十八の母、それに私みたい。都でなく、村であっても京都と似てるかも、そう思った瞬間、襖の向こうで、ポン、テン、トン、サンシンが鳴り、おじ

いさんが、きいたこともないなつかしい歌を歌いだした。

沖縄・栄町市場サワディー　二〇一二年六月二十八日(木)

第五十二話

ビール

わナンバーのトヨタプリウスがなんにもない真っ白な雪道で逆さにひっくりかえった。あきらかに雪の夜の運転に慣れていないもの特有のハンドルさばきで、横だおしのまま、ニレの木の根元に突っこんだ。男が何日車の中で過ごしたかはわからない。気がつけば火の上がるいろりの前に横たえられ、頭には冷えびえしたものがのっていた。手で触ると玉のような氷のかたまりだった。首が痛み、身を起こすことができない。目の端に、白い髭の老人がなにか壺の中ですりつぶしている様が見えた。

「オー、気がつかれたか」

まるで外国人のような発声で老人はいった。きらきら輝く魚の鱗(うろこ)みたいな服を着

ている。男は顔をゆっくりと向け、

「ここはどこですか」

とたずねた。

老人はゆっくりと笑い、

「サッポロ」

といった。

札幌。男は自分が運転していたことを思いだした。

そう、京都から三日前についたばかりなのだ。札幌といえば、京都と同じ碁盤の目の道路が走っているが、その広さは想像を超えていて、しかも聞いたところでは三条や四条という共通の通りの名がアラビア数字だというやないか。似ても似つかないというのは、札幌には寺も神社も祠も、まったくない、と聞いていることもある。

じょじょに身を起こし、老人がすりつぶしてくれた薬草を飲む。不思議とうまい。それから、口が動かせるようになって、得体の知れない芋やら干し肉やら、口に入れるものすべておいしいのに少し驚く。北海道の食べものは、空気と水が違うせいでうまい、と誰かがいっていたが、本当にそれだけだろうか。もっと深いところで違いはないか。自分が横たえられていた小屋は存外に広く、老人以外にも、若い女性や老婆が順々に出入りしては頭をさげてニコリと笑う。外へ出てみると雪がこんもり四角に盛り上がっているところがあって、あそこにたぶん運転してきた自動車が埋まっている。

春が来た。ずんぐりむっくりの馬で町へ出てみよう。ポプラの綿毛がフワフワと舞っている。往来をいく人たちは丸まげ頭だったり洋装だったり着物だったり、軍服姿だったりスーツを着こなしていたり。フーンいまの札幌はいろいろあるんやなあ、そう思いながら男は行き交う馬車を見送る。観光用でなく、いつから普通の交通に使われるようになったのだろう。そして札幌の春は駆けぬけ、一瞬の夏となる。白髭の老人が小屋の前の広場に皆を集め、黄色のできたてののみものを柄杓(ひしゃく)で振るまう。

「麦の酒だ、麦の酒」

男はひと口啜り、思わず目を見開いて木の器を見おろす。これは自分の知っている飲み物に似ているが、けれど深いところで全くちがう味がする。

麦の酒はからだの中で踊っているようだった。そのリズムで日々がすぎ、ある日雪虫が空を舞った。冬が来た。ドッ、ドッと音を響かせる勢いで雪が降り、男は老人たちと顔を並べ、灰色の空から落ちてくる雪片をひとつ、またひとつと目で追った。何日も何日も。

そのうち、気づいたことがある。空気と水、そのいちばんうつくしい結晶がこの一枚一枚ではないか。すると、おいしいものを食べる、というときのおいしさは、この雪ひとひらずつのような形をしているのではないか。空気と水、そして光の結晶。雪はきらめいて落ちてくる。馬が笑いキツネが歌っている。

何度ポプラの綿毛が踊り、雪虫が舞ったかしれない。こんもりと四角く盛りあがった雪の下になにが埋まっていたか、男はもう思いだすことがない。老人や若い娘、老婆たちはただ人間であるだけでなく、ときどきキノコくらいの大きさに縮んだり、ときには霧のように形を失って、森のなかをさまよっていくことがある。男もその霧に乗って初夏の町へ出てみる。札幌は相かわらず馬車やさまざまな風体の通行人で埋まっていたが、光の加減でそのひとの顔が、川をさかのぼってきた鮭や、うまれたばかりの春の熊、まぶしげに目を細める海獺（らっこ）、そうしたものに見える瞬間がある。

男は不思議には思わない。自分が立っているこの場所がどんなところなのか、男にもだんだん理解できてきたらしい。以前には使っていなかったこの土地のことばを使い、男のからだも自在に伸び縮みをくりかえすようになり、ある冬の夜、気がついたら木の幹のうろで、すっぽり落ち葉に囲まれて座っていた。町なかを行きかう鮭や熊、海獺たちの横顔が次々に浮かび、そうして思ったのは、この土地には寺や神社がないのではなくて、そもそもいらないのだ。もっと大きなものの下で動物や人間、草木、きのこ、土が結びつく。

この土地のたべものがおいしいのは空気、水、そして光、つまり命をそのまま食べるからではないか。男はそう思った瞬間にからだがぐんぐん伸びていく気がした。手足に枝や根の一筋が満ち溢れ、何万という葉っぱが彼の指先となった。男は自分が自分から千切れ、風に乗って飛んでいく、その瞬間を覚えている。広がる闇の向こうへ向こうへと男は運ばれていき、そして、自分でも自分が見えなくなってしまった。

わナンバーのプリウスが線路を越えてまっすぐに町を南下する。京都からやってきた男が中島公園のそばのホテルにレンタカーを入れる。時刻は三時すぎ。散歩するにはちょうどいい七月半ばの日差し。

中島公園に向かってみる。流れてくる音楽、池、小さなせせらぎ。川の名が鴨川ときいて少しおどろく。なんとなく、住んでいる京都の町からここへじかに、想像を超えたやりかたで引かれてきた流れのように映る。

約束の時間、大通公園へ。たいへんな人の波。きけば今日七月二十一日、いっせいにビアガーデンが開かれる。

ほぼ十年ぶりに出会った友人は、激しい病いとの闘いになんとか判定勝ちをおさめた者特有の笑みを浮かべて男の正面に座った。男はビールのジョッキを掲げ、乾杯、おめでとう、といった。友人も同じように麦の酒、北海道のビール以上のビールを掲げ、ほんのひと口だけ口に含んだ。その瞬間、男も友人も、真っ青な七月の空から透明な雪の結晶が、ジョッキを濡らす泡の上に、ふわりと舞い落ちたことに気づいてはいなかった。

北海道・中島公園通オノベカ　二〇一二年七月二十一日（土）

「アートカフェ」

第五十三話

金

金沢に女一人旅。

武家屋敷やお魚料理の店をまわって酔っぱらい、翌朝早く、ホテルを出て、さて、どこ行こうかな、とキョトキョトしていたら、丸坊主の男が近寄ってきて、

「蓄音機博物館、面白いですよ」

とやわらかな口調で告げた。

「なにそれ、どうやって行くんですか」

男はまっすぐバス停を指差すと歩み去って行った。待つこと十五分、そのバスはやってきた。木造で、横から見ると町家造りの家みたい。ギイとドアが開いたので乗ってみると、運転手はさっきの丸坊主の男、バスの中はなんと畳敷きで、先に乗

っているお客さんは手に手にビール、赤ワイン、ジンジャエールなんか口にしていて、そして何より驚いたのは、畳の縁が金箔でピカピカだ。

「出発しまーす」

丸坊主の男がやわらかな声で言う。なめらかな手つきで、くーるくるくるとハンドルを回していく。その回転を目にしていると、胸の中でフワリと澱（おり）のように立ち上るものがあった。私は金箔張りの畳の上にフワリと腰を下ろした。

ブルルルルル。バスはまっすぐに走って行く。隣のお客さんからお菓子をのせたお盆が回ってくる。なんか金沢っぽいバスだなあ。内装は漆塗りだし。

ブロロロロロ。外で妙なエンジン音がして、丸坊主の運転手は大きくハンドルを回す。

「失礼します。すみませんねえ。金沢の人間の運転マナーは、地上最悪と言われていますから」

何台もの暴走族みたいな走り（家族連れの普通車）をやり過ごした後、バスはまた高らかにエンジンを鳴らしながら直線道路を走って行った。

そのうち、奇妙な感覚が訪れた。まっすぐに走っているはずなのに、まるで大きな円弧を描いた海岸道路を走っているみたいに、体が横へ横へ、目に見えない力を受けて引っ張られるように感じるのだ。アクセルが踏まれるたび、ホラ、またこんな風に。前を向いて、左へ、左へ、左の方へと、私は体ごとバスの漆塗りの壁に心をあずけた。さっき舞い上がった澱のような感触は、運転席の後ろに貼ってあった、バス会社の標語だろうか、こんな一文に影響されたのかもしれない。

「ふるさとは遠くにありて想うもの」

私にふるさとなんてものはない。両親と妹を襲った出来事のことは、墨で塗りつぶしたように封印してある。それに、もっと小さかったころだって私は、両親や家族と一緒にいた記憶はほとんどないのだ。何もない真っ暗な洞窟が何年分も続いているだけ。私に妹なんて本当にいたろうか。ブルルルルル。また家族連れがバスを煽る。私は畳の縁に手をついて、いつの間にかまわってきたワイングラスの赤をすする。ブー。バスが止まり、真っ四角な顔の、妙になよなよした、でも指先までピンと尖ったおじいさんが乗ってくる。胸の名札に「車掌　吉田健一」。

「ああ。今日はいいお菓子を使っていますね」

吉田車掌はフワフワした笑顔で言うと後ろの席の方へひっこんだ。それからバスが止まるたび、着物姿の痩せた文豪や細い金縁眼鏡の若者が乗り込んできた。もちろん降りるお客さんもいて、波が寄せるように、また引いて行くように、金沢の漆塗りのバスの中はちょうどいいざわめきでいっぱいになる。

三味線が鳴っている。どこかで笛太鼓も鳴りだした。私の体は横へ横へ引っ張られ、そしてその力は私だけでなく、バスに乗り合わせた全員にひとしなみにかかっているようだった。直線路なのに体は左へ左へ。

アクセルが踏み込まれ、グオーン、と加速度をつけてバスが橋を渡り切ったそのとき、古い街並みの間から、真っ黒い暴走車が走り出てきて、バスに横向きに突っ込んだ。運転手はやはりなめらかな手つきでハンドルを手繰った。だから横からぶつけられて、というよりも、運転手もバスもあらかじめそうなることを含んだ上で、逆ハンドルを当て、バスを金沢の土地に横転させたのかもしれない。窓が割れ、乗客は一斉にバスの外へばらばらばらに飛び出した。三味線の芸妓（げいぎ）もチンピラも文豪もそれに私も。それぞれがばらばらに地面につっ伏しただけではない。驚いたことに私の体、さっきまで横向きの重力を受け続けていた全身の部位がばらばらに、左右の腕、頭、足首、乳房、目、鼻、口と、川沿いの砂利に転がっているじゃないか。

他にどうしようもなく、目玉を河原の近くに向けていると、一人の人間が無傷のままゆっくりと歩いてくるのが見えた。丸坊主の運転手だった。彼は時折立ち止まり、その場にしゃがみこんで、あちこちにばらまかれた人間の部位を拾い上げ、両の手のひらの間で、すばやく、正確に、完璧ななめらかさで、くるっ、くるっ、と回し、もう一度河原の上に置いた。まるでお菓子みたいだった。そうか、お菓子職人の手つきだったんだ、あのハンドルの回転は。男は人間の部位でお菓子をこねながら徐々に近づいてき、やがて私の前にゆっくりと立ち止まった。私は息を呑んで目を瞑った。すると……。

六畳ほどの江戸間のお座敷、着物姿の女性が正座している。懐からお手玉を取りだし前に放る、おかっぱ頭の少女が嬉しそうに走りより、お手玉を投げあげる。三味線の音、金色の光、違う、金箔が張られているんじゃなくて、この光景自体ぼんやりと金色の光を放っている。何年何日かは分からない。でも、この場所は確かに現実だ。おかっぱの少女は妹だろうか。そう思った瞬間、少女が甘えた口調で、

「ねえお母さん、今日は朔(さく)の日じゃから、さっきお宮でおみくじひいてきた」

「あ、そう。どやった」

「エ、あんまりよすぎたから、梢にしばってきた」

「あら、大吉やったんね」

私は確かに自分の声を聞いたと思った。母の懐に、照れた顔で突進して行った、その勢いも、体の芯で覚えていると今気付いた。遠くにありて、とは、近づかないという意味でなく、遠く、そして近くを思うことだ。目に見える表面だけでなく、その裏側、影、その光の縁。川の流れそのものだけでなく、水のやってきた源、そしてはるかその先を川の光に見てとること。私は金沢のバスでばらばらになった甲斐があったと思った。目の前の光景を焼き付けようと思い、ぎゅっと眼底に力を入れ目を瞑った。

気が付くと橋の上に立っていた。足の下を銀色の鱗を返すみたいにささやかな川の流れがきらめきながら流れる。丸坊主の運転手は私の横に立ち、まっすぐに指差して、

「ほら、あそこが蓄音機博物館ですから」

やわらかな声で言うと、例の、ハンドルを回す手つきを何度か胸の前でした。蓄音機のゼンマイかレコードを回す仕草なのかもしれない。バスはどこにも見えなか

った。ひょっとしたら、浅野橋から川へ落下して、光と一緒にばらばらに海へ流れていったのかもしれない。

男が橋を渡り、東山の方へ立ち去ってしまうと、私は橋を別方向へ渡り、男の指し示した信号一つ手前で川沿いに曲がった。今朝地図を見て覚えていたのだ。この先の暗闇坂を上がったところに古い神社がひとつある。今日は九月一日、朔の日、せっかくここまでたどり着いたのだから、私は神社のくらかげで、何十年振りかのおみくじをひとり引いてみようと足を早めた。

石川・金沢葡萄夜　二〇一二年九月一日(土)

第五十四話
道

　宇宙船が飛び立つ、又、飛び立つ。月面の巨大なクレーター。静かの海の発着場。俺は、百人ほどの出発を待つお客たちの前で、時間つぶしの余興をしなければならない。あと二十分、手品の種はつきたし、風船は俺たちが生まれたあの星でふくらましたようには輝かない。

　軽業、そんなものうけるわけがない。この土地では誰もが重力の軛（くびき）をはずされた軽業師なんだから。お客たちは皆俯き、携帯の画面をみやったり、うつろな目を星が多すぎる夜空に向けたり、灰色の表情なのは俺の芸がつまらないせいもあるだろうが、そればかりではないと俺もみんなも知っている。

　こんなところまで来てしまった、否も応もなしに。俺たちはいったい何をやってきたのだ。真上を見上げると不意に、見るつもりもなかったあの青い星が目に入る。青さは昔、映画やTVで見たまんまだけど、俺たちはもう二度とあの青さのなかに入っていくことはできない。緑の森、積み藁、寄せては返す波。そうした全ては元通りその場所にあるというのに、俺たちの宇宙船はもうあの土地に降りることはできないのだ。一体どんな道を俺たちは歩いて来たというのか、引き返すことはもう無理だ。三叉路や四つ角に差し掛かった時、俺たちは自分の目で四方を見、自分の頭で考えて道を選んできたろうか。誰かに押されるままじゃなかったか。

俺は星の青さに目を奪われたまま胸の底にいいようもないかたまりが凝集していくのを覚えた。口を開くと、しかし、思ってもみない言葉がしずくのように転がり出た。

この道はいつか来た道
ああそうだよ
アカシアの花が咲いてる

お客の方で気配が動く。目をやると灰色の表情のまま老婆がこちらを向いている。

この道はいつかきた道
ああ　そうだよ
お母さまと馬車で行ったよ

百人のお客達が口を動かしている。声を出している人もいない人もいるだろう。防護マスクの中からでは音声はこの空間に響きはしないから。けれど、どうしてか俺の耳の芯に、口々に歌ういろんな人の声が届き始める。そこにいない人も含まれているのか、俺が辿ってきた道筋にいまだ佇んでいる人たちか。
百人と俺はいっせいに月面から飛び上がる。真っ青な星のほうへ剝き出しの体のままで。筋雲がきらめく。しわみたいに大洋に波がさざめいている。俺たちは目を開けて、もう降りていくことのない星の表面をえんえんと見つめ口を動かす。

あの雲はいつか見た雲

あの山は
あの川は
あの木の枝は
あの家は
あの手紙は

オレたちはバラバラになって軌道をめぐる。もう宇宙船なんて頼らなくていい。雲が俺たちひとりひとりの前に真っ直ぐに延びていくから。俺たちはその、一本ずつ違う光の道を、自分だけの足で闇に向かって歩いて行く。それだけでいいのだ。

東京・日本近代文学館　二〇一二年九月九日(日)
「第七十回　声のライブラリー」

『その場小説』初出一覧（※敬称略）

第一話　アート　二〇〇七年十二月二十二日（土）　東京・六本木トラウマリス　著者所蔵
第二話　亀　二〇〇八年一月二十日（日）　三重・四日市メリーゴーランド　増田喜昭所蔵
第三話　場所　二〇〇八年二月二十三日（土）　東京・六本木トラウマリス　住吉智恵所蔵
第四話　布　二〇〇八年四月十三日（日）　東京・吉祥寺Ｏｎｇｏｉｎｇ　多田玲子所蔵
第五話　クマ　二〇〇八年五月三日（土）　熊本・熊本市現代美術館　熊本市現代美術館所蔵
第六話　花　二〇〇八年六月七日（土）　福岡・西南学院大学　著者所蔵
第七話　光　二〇〇八年十月十八日（土）　東京・トライバルビレッジ浅草　市川孝典所蔵
第八話　箱庭　二〇〇八年十月二十六日（日）　神奈川・横浜トリエンナーレ　住吉智恵所蔵
第九話　鳥　二〇〇八年十一月二十四日（月）　大阪・大阪市立中央図書館　大阪市立中央図書館所蔵
第十話　本　二〇〇八年十一月三十日（日）　東京・青山ブックセンター本店　須藤夕香所蔵
第十一話　坂　二〇〇八年十二月二十日（土）　東京・赤坂トラウマリス　住吉智恵所蔵
第十二話　山　二〇〇九年一月十六日（金）　長野・松本半杓亭　著者所蔵
第十三話　線　二〇〇九年二月十五日（日）　東京・吉祥寺Ｏｎｇｏｉｎｇ　下平晃道所蔵
第十四話　本　二〇〇九年三月二十八日（土）　東京・東京堂書店　佐野衛所蔵
第十五話　花　二〇〇九年四月十一日（土）　東京・トーキョーワンダーサイト本郷　中島美々所蔵
第十六話　滝　二〇〇九年五月十四日（木）　東京・大正大学　渡邊直樹所蔵
第十七話　蔵　二〇〇九年五月二十日（水）　東京・浅草ギャラリーéf　Ｉｚｕｍｉ所蔵
第十八話　ゴリラ　二〇〇九年六月二十七日（土）　京都・堺町画廊　山極寿一所蔵
第十九話　十一　二〇〇九年六月三十日（火）　東京・青山ＰＬＳＭＩＳ　小林宏明所蔵

第二十話　ボタン　二〇〇九年七月三日（金）　京都・京都造形芸術大学　新元良一所蔵
第二十一話　小説　二〇〇九年八月七日（金）　京都・ｓｈｉｎ-ｂｉ　田村武所蔵
第二十二話　岩　二〇〇九年八月二十二日（土）　東京・吉祥寺バウスシアター　所蔵者不明
第二十三話　半　二〇〇九年九月五日（土）　京都・ｓｈｉｎ-ｂｉ　田村武所蔵
第二十四話　崖　二〇〇九年十一月二十三日（月）　京都・ガケ書房　山下賢二所蔵
第二十五話　父　二〇一〇年一月二十二日（金）　京都・京都みなみ会館　京都みなみ会館所蔵
第二十六話　犬　二〇一〇年二月二十四日（水）　京都・京都クラブメトロ　京都クラブメトロ所蔵
第二十七話　お寺　二〇一〇年四月八日（木）　東京・四谷曹洞宗萬亀山東長寺　東長寺所蔵
第二十八話　米　二〇一〇年八月二十八日（土）　東京・表参道シアター　景山弘道所蔵
第二十九話　映画　二〇一〇年九月十一日（土）　東京・青山ＰＬＳＭＩＳ　小林宏明所蔵
第三十話　雪　二〇一〇年九月十二日（日）　東京・青山ＰＬＳＭＩＳ　小林宏明所蔵
第三十一話　脈　二〇一〇年十月二十七日（水）　香川・豊島島キッチン　島キッチン所蔵
第三十二話　おしっこ　二〇一〇年十一月三日（水）　神奈川・横浜ギャルリーパリ　森田彩子所蔵
第三十三話　空　二〇一一年一月十二日（水）　東京・中目黒ラウンジ　石井康裕所蔵
第三十四話　森　二〇一一年一月十五日（土）　高知・牧野植物園　祥見知生所蔵
第三十五話　シスコ　二〇一一年三月六日（日）　京都・ギャルリー宮脇　宮脇豊所蔵
第三十六話　屋敷　二〇一一年五月八日（日）　東京・恵比寿トラウマリス　住吉智恵所蔵
第三十七話　芝生　二〇一一年五月二十八日（土）　茨城・笠間芸術の森公園　小林宏明所蔵
第三十八話　福島　二〇一一年八月十五日（月）　京都・京都クラブメトロ　京都クラブメトロ所蔵
第三十九話　ギター　二〇一一年九月三日（土）　京都・立誠小学校　田村武所蔵
第四十話　森　二〇一一年十月二十八日（金）　京都・ギャルリー宮脇　宮脇豊所蔵
第四十一話　湯　二〇一一年十一月二十七日（日）　大分・永久別府劇場　草本利枝所蔵

第四十二話　牛　二〇二二年一月十四日(土)　大阪・心斎橋文学バーリズール　玄月所蔵
第四十三話　ピアノ　二〇二二年一月二十八日(土)　京都・立誠小学校　田村武所蔵
第四十四話　バカ　二〇二二年一月二十九日(日)　京都・UrBANGUILD　重松まな所蔵
第四十五話　十三　二〇二二年二月二十七日(月)　大阪・十三宝湯　京都エンゲルスガール下司浩所蔵
第四十六話　花　二〇二二年二月二十五日(土)　京都・ギャルリー宮脇　宮脇豊所蔵
第四十七話　器　二〇二二年三月二十四日(土)　京都・うつわやあ花音　梶裕子所蔵
第四十八話　子供　二〇二二年五月三日(木)　京都・フォイルギャラリー　フォイルギャラリー所蔵
第四十九話　梨　二〇二二年五月十日(木)　東京・渋谷VACANT　渋谷VACANT所蔵
第五十話　糸　二〇二二年六月十六日(土)　京都・堺町画廊　ふしはらのじこ所蔵
第五十一話　都　二〇二二年六月二十八日(木)　沖縄・栄町市場サワディー　幻冬舎所蔵
第五十二話　ビール　二〇二二年七月二十一日(土)　北海道・中島公園通オノベカ　北海道文化財団所蔵
第五十三話　金　二〇二二年九月一日(土)　石川金沢葡萄夜　山岡希望所蔵
第五十四話　道　二〇二二年九月九日(日)　東京・日本近代文学館　日本近代文学館所蔵

本作品は作者の創作です。人権にかかわる差別的な表現が一部含まれていますが、作者の意図は差別を助長するものではありません。ご賢察いただければ幸いです。

いしいしんじ
一九六六年大阪生まれ。九六年、短編集『とーきょーいしいあるき』を、二〇〇〇年、初の長編小説『ぶらんこ乗り』を刊行。〇三年、『麦ふみクーツェ』で第一八回坪田譲治文学賞受賞。著書に『ポーの話』『みずうみ』『ある一日』など。

GENTOSHA

その場小説

二〇一二年一一月九日　第一刷発行

著者　いしいしんじ
発行者　見城徹
発行所　株式会社　幻冬舎
〒一五一-〇〇五一　東京都渋谷区千駄ヶ谷四-九-七
電話　〇三(五四一一)六二一一(編集)　〇三(五四一一)六二二二(営業)
振替　〇〇一二〇-八-七六七六四三
印刷・製本所　株式会社　光邦

検印廃止

ISBN978-4-344-02277-5　C0093
幻冬舎ホームページアドレス　http://www.gentosha.co.jp/
この本に関するご意見・ご感想をメールでお寄せいただく場合は、comment@gentosha.co.jp まで。